Simbad, o Marujo

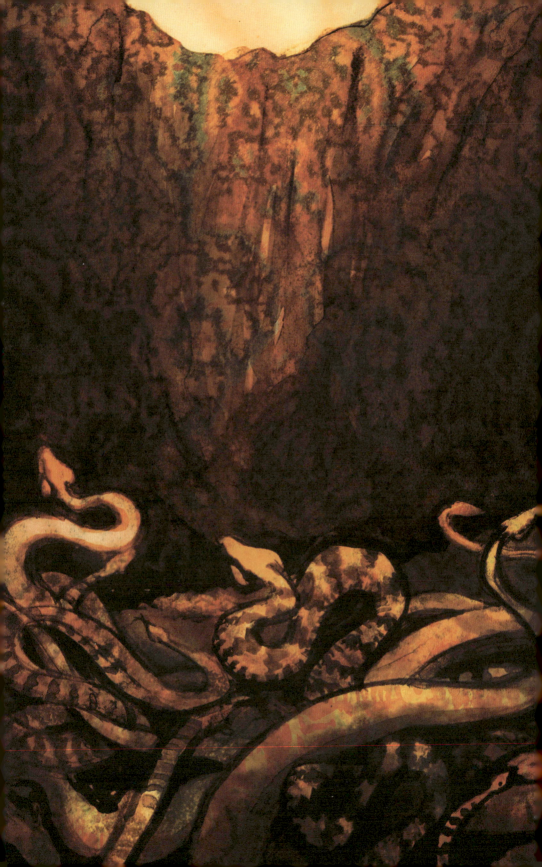

Simbad, o Marujo

POR
Alaíde Lisboa

ILUSTRAÇÕES DE
Angelo Abu

Ao leitor:

A história de Simbad, o Marujo, rica de sugestões, ideias, aventuras, consegue criar e recriar, no espírito do leitor, lembranças e fantasias que se intensificam e se estendem milagrosamente.

Simbad agita a imaginação das crianças com situações imprevistas, em que as emoções de perigo, luta e vitória se misturam, proporcionando horas de prazer que os anos não apagam.

Os jovens se identificam com o herói que não conhece derrota e a quem os obstáculos se apresentam para valorizar o desfecho feliz. O tímido se realiza nos lances audaciosos; o arrojado encontra possibilidades de emprego de suas energias na resistência contra a adversidade; o ardiloso se compraz nas maquinações e recursos astuciosos do Marujo...

Os adultos, Simbad leva à meditação. A simplicidade poética da narração comove. O sentido humano, não simplesmente oriental, das pessoas, dos fatos, das observações, surpreende, sobretudo se pensarmos que a história data do décimo século, segundo os estudiosos do assunto. No século XXI, aqui estamos, familiarizados com aqueles mesmos sentimentos, revoltas, incertezas, generosidade, honestidade, astúcia...

Como parece atual o problema do pobre carregador que argúi o seu Deus – embora reconheça a falta de direito de um mortal pedir explicação ao Criador: "Por que, se todos temos nascimento tão igual, Simbad é rico e poderoso, e eu, pobre e infeliz?" A resposta à pergunta justifica toda a história. O rico procura fazer-se compreendido pelo pobre.

Certas delicadezas, que surgem aqui e ali, fazem pensar nas boas almas que já andavam pelo mundo há tantos séculos. Soberanos recusam presentes em retribuição aos favores que dispensam. Um simples caçador de diamantes dá lição de dignidade quando escolhe o mais modesto diamante no lote que Simbad lhe oferece. Conforta a honestidade do capitão de navio que anda vários anos com a carga pertencente a um mercador considerado morto, na esperança de encontrar os herdeiros.

As viagens se sucedem, e o mundo da fantasia se mistura ao da realidade – um realça o outro.

A.L.O.

Sumário

Primeira viagem 19

Segunda viagem 29

Terceira viagem 39

Quarta viagem 53

Quinta viagem 65

Sexta viagem 73

Sétima viagem 83

Biografia de Alaíde Lisboa 92

Biografia de Angelo Abu 93

No tempo em que reinava o califa Harun al Raschid, havia em Bagdá um carregador chamado Himbad.

Um dia, levava ele seus fardos de um lado da cidade para outro. O calor e o peso do trabalho esgotavam-lhe as forças. Já mal governava os passos quando chegou à esquina de uma rua onde sentiu que soprava uma suave brisa. Do chão úmido evolava-se um perfume de água de rosas.

Himbad falou consigo mesmo: "Serviço para fazer ainda tenho muito; entretanto, para repousar e refazer as minhas energias, não encontrarei ar mais favorável nem lugar mais agradável do que este".

Assim pensando, descarregou o fardo, que ajeitou no chão, e assentou-se à sombra de uma grande casa. Reparando um pouco, notou que escolhera, para seu descanso, um bom lugar. Suas narinas começaram a impregnar-se de um esquisito perfume de aloés; percebeu que vinha do interior da casa e que se misturava com o perfume de água de rosas, que era da rua; chegava-lhe até os ouvidos, passando através das janelas, um suave concerto de instrumentos como alaúdes e cítaras, acompanhados de um canto harmonioso de rouxinóis, bem como de outros pássaros, dos muitos que se comprazem do clima de Bagdá.

Aquele perfume, aquelas melodias e mais um cheiro excitante de carne assada fizeram Himbad pensar que devia estar havendo festa em morada assim tão rica. Ficou cheio de curiosidade de saber quem ali residia. Era justificada sua ignorância, porque bem poucas vezes passara por aquela rua.

Um tanto refeito das suas forças, Himbad levantou-se e caminhou até a entrada do palácio. Ficou deslumbrado com a beleza do jardim; viu alguns lacaios magnificamente vestidos; aproximou-se de um deles e perguntou:

— Como se chama o senhor de tão belo palácio?

O lacaio respondeu, surpreendido:

— Será possível que alguém ignore, em Bagdá, que este é o palácio de Simbad, o Marujo? Simbad, o famoso viajor que percorreu todos os mares que o sol aclara?

O carregador efetivamente já ouvira falar em Simbad e sua fabulosa fortuna; e agora, vendo e relembrando, sentia, profundo, o contraste entre a situação mesquinha de um simples carregador e a situação faustosa de Simbad; encheu-se de inveja e começou a exclamar, olhando para cima:

— Poderoso Criador de todas as coisas, ponderai na diferença entre mim e Simbad: eu sofro todos os dias os meus cansaços; suporto mil males, luto para me manter e manter minha família, com simples pão de cevada; enquanto isso, tem Simbad riquezas à vontade e vive uma vida cheia de delícias!

Logo em seguida, pesaroso de sua inveja, continuou:

— Glorifico-vos, Senhor, pois sois a Providência do mundo e tudo dais, prodigamente, a quem entendeis! Perdoai os meus pecados e a minha revolta! Respeito, como toda gente, as vossas decisões, curvo-me ante Vós, por serdes quem sois, Todo-Poderoso; a ninguém assiste o direito de Vos interrogar sobre o que fazeis... mas, Senhor, esse Simbad teve o mesmo nascimento de todos os seres humanos! Respondei-me, pois: Como explicar que ele goze de tantos prazeres e que eu, pobre de mim, tenha de suportar um tão duro labor? Que fez ele para obter destino tão agradável? E eu, que fiz para obter vida tão infeliz?

Terminando sua imprecação, bateu Himbad com os pés na terra, em sinal de dor e desespero. Sentia-se abafado, cheio dos seus tristes pensamentos; já se ia abaixando, a fim de tomar seu fardo e continuar sua jornada, quando um lacaio lhe tocou de leve no braço e lhe fez um convite:

— Vem; segue-me; o senhor Simbad, meu amo, quer falar-te.

Como era natural, o carregador ficou assustado; depois do discurso que fizera, podia temer que Simbad pretendesse castigá-lo; deu então desculpa, não podia entrar porque era responsável pela carga que trouxera; receava deixá-la abandonada na rua...

O lacaio de Simbad garantiu-lhe que tomariam conta da carga; insistiu no convite; mostrou tanto empenho em cumprir a ordem que Himbad não teve outro remédio senão aquiescer.

E foi assim que o lacaio de Simbad introduziu o carregador Himbad numa sala onde muita gente se assentava em torno de uma mesa cheia de frutos secos e frescos e de iguarias das mais estranhas e esquisitas. Flore se plantas exóticas ornavam todo o recinto. Havia jovens tocando e cantando. O lugar de honra, à mesa, era ocupado por um personagem grave e sereno, cujas brancas barbas lhe davam um aspecto venerável; não longe dele, de pé, atento à menor ordem, um numeroso grupo de serviçais. O personagem grave e sereno era Simbad.

O carregador, perturbado com a presença de tanta gente e tão soberbo festim, saudou a todos, confuso e trêmulo; ajoelhado, beijou o chão; depois, levantou os olhos, timidamente, para o grande senhor daquela festa.

Simbad fez um sinal e o carregador aproximou-se; Simbad assentou-o à sua direita e perguntou-lhe:

— Como te chamas?

O carregador respondeu-lhe:

— Himbad, o carregador.

Sorridente, retorquiu o dono da casa:

— Fica sabendo que teu nome é parecido com o meu, pois me chamo Simbad, o Marujo.

E enquanto corria a festa, Simbad, pessoalmente, servia ao carregador manjares e vinhos excelentes. E dizia-lhe:

— Sei que te chamas Himbad, querido irmão (era costume árabe tratar por "irmão" quem se tornava familiar); também sei que és carregador; tenho o prazer em ver-te e estar na tua companhia; deste prazer partilham os meus convivas; mas gostaria de ouvir de tua própria boca as palavras que há pouco proferiste, lá na rua.

(Simbad, antes de assentar-se à mesa, ouvira, pela janela, o que o carregador dissera e, por isso, o mandara chamar.)

O pedido de Simbad desapontou o pobre carregador, que, todo atrapalhado, respondeu:

— Senhor, confesso que a fome, o calor e o cansaço me puseram de mau humor; foi por isso que deixei escapar algumas palavras indiscretas; agora vos peço perdão.

— Oh! não creias que eu seja tão injusto a ponto de guardar mágoa do que lá fora disseste. Ponho-me em teu lugar; em vez de censurar, lamento as tuas murmurações; entretanto, é preciso que eu esclareça teu juízo a meu respeito; pediste a Deus que te explicasse a razão de minha riqueza; a história que te vou contar talvez justifique, a teus olhos, o fausto em que vivo; não penses que adquiri sem trabalhos, nem lutas, nem sofrimentos a fortuna, a comodidade e o descanso que hoje tenho; cheguei onde estou depois de sofrer durante muitos anos; foram trabalhos do corpo e do espírito que nem a imaginação mais forte pode imaginar.

— Sim, senhores — continuou Simbad, falando a todos os convivas —, posso garantir-vos que os meus trabalhos e penares foram tantos e tão extraordinários que são capazes de arrancar, do coração dos homens, ainda os mais ávidos, a fatal ambição de correr mares em busca de riqueza. Já ouvistes falar, confusamente, das minhas estranhas aventuras e dos perigos que corri no mar, durante as sete viagens que fiz; hoje, apresenta-se uma bela oportunidade de vos contar, a todos vós, as minhas sete viagens; não vos arrependereis de ouvir-me, porquanto há nelas, além de seus aspectos maravilhosos, uma lição de audácia e uma lição de fé no destino do homem.

(Especialmente por causa do carregador é que Simbad ia fazer as suas narrações; por isso, antes de começar, mandou que os lacaios levassem ao seu destino os fardos de Himbad. Foi então que Simbad, chamado o Marujo, começou a contar.)

Primeira viagem

Simbad, o Marujo, começou a contar sua primeira viagem:

"Herdei de minha família riquezas consideráveis; gastei grande parte em festas, prazeres e loucuras de uma mocidade mal orientada; alguma lucidez, porém, ficara em meu espírito – uma recordação de conselhos paternos. Venci minha cegueira, considerando a vida desperdiçada que levara até então; compreendi que a riqueza se esgota depressa, quando é mal empregada; compreendi também que, naquela vida desgovernada, eu perdi o tempo – que é a mais preciosa coisa do mundo.

Considerando que a mais miserável de todas as misérias é a da velhice sem amparo, lembrei-me das palavras do grande Salomão, que meu pai repetia: 'Antes o túmulo do que a miséria'; outras judiciosas sentenças me ocorriam: 'Não se escalam alturas sem fadigas'; 'O que aspira à nomeada não deve dormir prolongadamente'; 'Aquele que busca pérolas deve mergulhar nas profundezas das águas'.

Tocado por todas essas reflexões e muitas outras, juntei o que sobrava do meu patrimônio e vendi, em Ceilão, no mercado, tudo o que tinha de móveis; com uma parte do produto, comprei as coisas necessárias a uma viagem comercial; fiz sociedade com alguns mercadores que negociavam por mar.

Resolvido a tirar bom proveito do pouco dinheiro que me restava, consultei aquelas pessoas que me pareceram mais capazes de dar bons conselhos e tomei pressa em executar as resoluções que adotava.

Segui o caminho de Bassora. (Bassora é um porto que fica na confluência do Tigre e do Eufrates, fundada em 636, por ordem de Omar, o terceiro califa.) Embarquei, juntamente com diversos mercadores, em um navio que equipáramos; fizemo-nos de vela rumo às Índias Orientais, pelo golfo Pérsico, cercado à direita pela Arábia Feliz e pela Pérsia à esquerda; dali saímos no mar Oriental ou mar das Índias, deixando a oeste as terras da Abissínia e seguindo-o, através das 4500 léguas que vão até as ilhas de Vaquevaque.

No começo da jornada, senti aqueles enjoos comuns das viagens marítimas; restabelecido em pouco tempo, e afeito ao balouço das ondas, nunca mais me tomou aquele mal-estar.

Íamos aportando em diversas ilhas, nelas vendendo e trocando mercadorias.

De uma feita, com velas desfraldadas mas imóveis devido à calmaria, vimos à nossa frente uma ilhazinha, quase à flor d'água, semelhante a uma campina de verdura. O capitão mandou arriar as velas e deu licença de descer aos tripulantes; alguns desceram; estava eu no meio deles.

Enquanto nos divertíamos, comendo e bebendo, alegres por nos restaurarmos das fadigas do mar, eis que a ilha tremeu de repente, agitando-nos como um terremoto. Lá do navio, olhando a ilha tremer, os companheiros gritaram:

— Reembarquem depressa! Senão, morrem todos!

O que tomáramos por uma ilha era, nada mais, nada menos, o enorme dorso de uma baleia coberto de terra onde brotavam plantas! Com a inquietação de nossos passos e com o fogo que acendêramos, o animal, despertando e sacudindo-se, produzia-nos o efeito de um terremoto. Os mais diligentes alcançaram o bote em que tinham ido; outros atiraram-se, nadando, ao mar. Eu ainda estava na ilha – ou melhor, na baleia – quando ela submergiu; mal tive tempo de me agarrar a uma tábua das que leváramos para fazer fogo.

Enquanto isso, o capitão ia recolhendo os que chegavam, ou no bote ou nadando; depois, como soprasse um vento fresco e favorável, então o aproveitou, desfraldando as velas e partindo. Perdi toda a esperança de alcançar o navio; afastava-se cada vez mais, à vista de meus olhos e de meu coração, cheios de angústia.

Fiquei à mercê das ondas, atirado para lá e para cá; disputei-lhes a minha vida por todo o resto daquele dia e por toda a noite; pela manhã, as minhas forças estavam esmorecidas; eu já considerava a morte inevitável; de repente, uma onda larga e forte me atirou contra uma ilha. Era uma ilha de bordas altas e escarpadas, mas encontrei jeito de alcançar terra segura, quando me agarrei a umas raízes de árvores. Talvez estivessem ali para me salvar a vida!

Estirei-me no solo, quase morto; perdi toda a consciência e dormi; dormi até que o sol, após uma tarde e uma noite de sono profundo, novamente me restituiu a posse dos meus sentidos.

Embora me sentisse muito fraco, fui arrastando-me daqui e dali, à procura de alimento. Encontrei alguns frutos e algumas ervas, acabando por deparar com uma fonte de água excelente.

Tendo comido e bebido, então me senti outro, e comecei a penetrar na ilha, seguindo caminho sem rumo certo. Cheguei a uma bela planície, onde vi, ao longe, um cavalo pastando. Caminhei na direção do animal, oscilando meu coração entre a alegria e o receio. Não sabia se me aguardava a segurança ou, pelo contrário, algum novo perigo. E se fosse um perigo de vida?

Chegando perto, verifiquei que o cavalo era uma égua, amarrada a uma estaca. Era de uma beleza surpreendente. Experimentei acariciar-lhe, com a mão, o dorso luzidio; o animal relinchou, estridente, assustando-me. Daí a pouco, estava diante de mim um homem que se espantou de me ver, perguntando-me quem era, de onde vinha e que fazia ali.

Contei-lhe a minha aventura; depois de me ouvir, ele conduziu-me a uma gruta onde havia outros homens; ficaram tão espantados com a minha presença como com a deles ficara eu. Ali me fizeram sentar e me deram de comer. E eu lhes perguntei:

— Que fazeis num lugar que me parece, assim, tão deserto?

Eles, prontamente, responderam:

— Somos palafreneiros do rei Miraje, senhor de terras, inclusive desta ilha; todos os anos, na estação conveniente, trazemos as éguas do palácio para casarem com os garanhões do mar; os filhos de tal cruzamento são cavalos-marinhos, animais raros e muito apreciados na corte do rei Miraje. Acrescentaram os palafreneiros do rei que iam partir no dia seguinte e que eu teria de morrer na ilha, se houvesse chegado um dia mais tarde, pois seria impossível, sem guia, que eu atingisse as habitações, tão distantes ficavam.

Tive ensejo de contemplar a selvagem beleza dos garanhões do mar, elásticos nos seus movimentos ondulantes, e ouvir-lhes o forte relinchar, na praia. No dia seguinte partimos, em viagem, para a capital do reino de Miraje.

Chegados à corte, fui apresentado ao rei, que me recebeu cordialmente; ouviu, interessado, minha história e lamentou as desventuras que eu passara; ordenou que cuidassem de mim e me dessem tudo de que eu carecia. Confesso que as ordens foram tão bem executadas que louvei a generosidade do rei e a diligência de seus ministros em cumprir as determinações do soberano.

Eu era mercador e me empenhava em procurar pessoas de minha profissão; especialmente me interessavam os que fossem estrangeiros; queria obter deles notícias de Bagdá; quem sabe mesmo se algum não me poderia levar de volta.

Situada à beira-mar, a capital do rei Miraje tem um belo porto, onde se movem, diariamente, navios de todas as partes do mundo. Andava eu sempre a interrogar os estrangeiros, na esperança de encontrar um jeito de regressar à pátria. Corria o tempo e minha nostalgia aumentava. Tinha impressão de que se tornava cada vez menos possível o fim do meu exílio. Buscava então distrair-me, com proveito de meus dias. Foi assim que procurei a companhia dos sábios das Índias; era um prazer conversar com eles; ouvia, atento, a história daquelas terras, daquele povo, daquelas castas. Ia à corte regularmente visitar o rei Miraje e entreter-me com os governadores e com os reizinhos, seus vassalos, que lá estavam prestando-lhe homenagens. Faziam-me quantas perguntas queriam sobre minha terra, e eu quantas queria sobre as deles, suas leis e costumes.

Aprendi entre muitas outras coisas que havia, nos domínios do rei Miraje, uma ilha de nome Cassel: dela é que provinha, à noite, um rufar de timbales, fazendo crer aos marinheiros que ali morava o Anticristo, de nome Degial. (Degial ou Alielal, uma espécie de Anticristo que virá tentar os homens no fim do mundo: só tem um olho e uma sobrancelha; conquistará o mundo, exceto Meca, Medina, Tarso e Jerusalém, lugares esses que serão preservados por anjos guardadores; pensam ainda os maometanos que o Anticristo será vencido por Jesus Cristo, que virá combatê-lo.)

Senti-me cheio de curiosidade ante a notícia da ilha de Cassel; quis testemunhar a maravilha daquele rufar noturno dos timbales; fui até lá, onde pude ver peixes que tinham de cem a duzentos côvados de comprimento (cada côvado tem 66 centímetros); peixes que faziam mais medo do que mal; eram tão tímidos que fugiam ante o ruído de matracas; também vi peixes pequenos, de apenas um côvado, de cabeça parecida com cabeça de mocho.

Depois de voltar da ilha, um dia estava eu no porto quando vi chegar um navio; o navio ancorou e começou a descarregar suas mercadorias, que os mercadores, seus donos, faziam transportar para os bazares; olhando de relance os fardos que passavam, podia identificar a marca do seu dono; de repente, dei com o meu nome escrito neles! Imagine-se a emoção que experimentei! Eram aqueles os mesmos fardos que comigo eu embarcara, partindo de Bassora! Reconheci logo o capitão, mas pressenti que teria dificuldade em me identificar, pois ele me supunha morto. Então lhe perguntei, discretamente, a quem pertenciam aqueles fardos. Ele respondeu-me:

— Vinha a bordo, no meu navio, um mercador chamado Simbad; um dia, aproximando-nos de uma ilha — ou melhor, de uma suposta ilha —, desembarcou nela o dito Simbad, mais alguns tripulantes; a ilha, porém, não era uma ilha, mas uma baleia dormindo à flor d'água: ao calor do fogo que sobre o dorso lhe acenderam os visitantes, a baleia acordou e mergulhou no mar; alguns dos desembarcados naufragaram, entre eles o infeliz Simbad. Eram dele os fardos que aí estão; pretendo vendê-los e entregar o lucro a algum membro da família daquele inditoso mercador.

— Capitão — respondi —, sou eu aquele Simbad que julgas morto e que está muito vivo; estes fardos são meus: é minha mercadoria.

Quando o capitão me ouviu assim falar, exclamou:

— Grande Deus! Já não se pode confiar em mais ninguém hoje em dia! Quanta falta de consciência e de honestidade! Vi Simbad morrer e vi com estes olhos! Os tripulantes de meu barco também viram! Como é que tens coragem de dizer que és Simbad? Ao encontrar-te, pensei que eras probo; olhando-te, qualquer um faria a mesma suposição! Ouvindo-te, entretanto, fico espantado da tua coragem, ao afirmares tão horrível falsidade, só para te apoderares de bens que não te pertencem!

— Sê paciente — respondi ao capitão —, e fazei-me o favor de ouvir o que vos conto.

— Está bem, mas que não serás capaz de me dizer?! Fala, que te escuto.

Emocionado, contei-lhe a história da minha tábua de salvação, da minha chegada à ilha, do encontro dos palafreneiros, da vinda para a corte e da boa hospitalidade do rei Miraje.

Abalado com o meu narrar, persuadiu-se o capitão de que eu não era um impostor; tirou prova de que eu era Simbad realmente quando os tripulantes desceram do navio e me reconheceram e me cumprimentaram com alvoroço, mostrando a sua alegria de me reverem são e salvo.

— Deus seja louvado! — exclamou o capitão. — Foste salvo por verdadeiro milagre; participo também de sua ventura; toma posse de teus bens e faze deles o que te aprouver. Agradeci comovido; louvei-lhe a probidade e, como prova de reconhecimento, ofereci-lhe, de presente, algumas das mercadorias. Insisti, mas o capitão recusou. Tomei então o que havia de mais precioso naqueles fardos, a fim de presentear o rei Miraje. Surpreendido com minhas dádivas, pois ele só conhecia minha desgraça anterior, o rei quis saber onde obtivera eu tais preciosidades. Aí lhe contei o caso venturoso de meus bens recuperados, excitando-lhe na alma uma grande alegria; aceitou minhas ofertas, mas, em troca, me deu outras ainda mais ricas.

Despedi-me, saudoso, do bom rei Miraje; troquei as mercadorias que tinha por produtos da terra: aloés, cânfora, sândalo, noz-moscada, pimenta, cravo, gengibre.

Depois de tudo preparado, levantamos ferro, com as bênçãos de Deus, cujo nome seja sempre exaltado! Passamos por muitas ilhas e, afinal, ancoramos em Bassora; daí vim para minha terra, a querida Bagdá, tendo comigo cem mil cequins. Minha família recebeu-me efusivamente; a todos revi com aqueles transportes de alegria que só uma sincera amizade pode causar. Sabendo de meu regresso, correram a saudar-me amigos e fregueses. Comprei tudo o que me pedia o bem-estar. Estabeleci-me de novo, disposto a olvidar os males por que passara, fruindo a ventura que chegara."

Tendo acabado a narração, mandou Simbad que os músicos recomeçassem sua música; os convivas continuaram a comer e a beber.

Terminado o banquete, Simbad fez buscar uma bolsa de cem cequins e, entregando-a, disse a Himbad:

— Toma este presente, vai para tua casa, mas torna a vir amanhã, a fim de ouvires a continuação de minhas aventuras.

Retirou-se o carregador, muito confuso com as honrarias e, mais, com a generosa dádiva do magnífico Simbad. Chegando a casa, contou aos filhos e à mulher a história de Simbad, rememorando tudo o que lhe acontecera, desde o momento em que se pusera a descansar junto daquela rica mansão, naquela rua perfumada de água-de-rosa. Toda a família ouviu atentamente, agradecendo a Deus ter permitido aquele encontro de seu chefe Himbad com o grande Simbad.

No dia seguinte, Himbad vestiu-se mais caprichadamente do que nunca e voltou à casa de tão liberal mercador. Simbad recebeu-o sorrindo e tratou-o com muita afabilidade. Assim que chegaram os demais convidados, foi servida a mesa, cheia de finas iguarias e de bebidas esquisitas.

Terminada a refeição, falou Simbad:

— Senhores, peço-vos que escuteis as aventuras de minha segunda viagem: comparadas com as da primeira, estas são mais dignas ainda de vossa atenção. Calaram-se todos e Simbad começou a narrar.

Segunda viagem

"Depois da primeira viagem, estava eu resolvido a passar, tranquilamente, em Bagdá, o resto de minha vida, mas essa resolução não durou muito; comecei a aborrecer-me da inércia em que vivia, começou a enfadar-me o ócio de meus dias. Invadiu-me um insopitável desejo de viajar, de negociar por mar: o mar atraía-me. Comprei mercadorias de vender e trocar e pus-me a aprestar a minha segunda viagem; associei-me a outros mercadores, em cuja honestidade eu confiava.

Embarcamos em um bom navio e começamos a navegar, depois de nos encomendarmos a Deus.

Íamos negociando de ilha em ilha. Um dia, encontramos uma delas inteiramente coberta de árvores frutíferas, mas totalmente deserta de qualquer outro sinal de vida: nem uma casa, nem um ser vivente! Pusemo-nos a respirar gostosamente aquele ar tão fresco das campinas e a beber a água tão pura dos regatos que por ali deslizavam. Dos companheiros, alguns se divertiam colhendo flores; outros, colhendo frutos. Feita a minha provisão, fui assentar-me à beira da água corrente, ao abrigo de grandes árvores, tendo também comigo o vinho da viagem. Fiz uma boa refeição; recostei-me no gramado... e adormeci.

Não sei quanto tempo dormi; só sei que, ao despertar, não vi mais o navio ancorado! Tomei um grande susto! Olhei de todo lado, mas não pude enxergar nenhum dos mercadores que comigo haviam descido na ilha. Perscrutando o mar, pude ver ao longe, de velas pandas, fugindo ante meus olhos, a nau em que viera.

Imaginai agora as reflexões que enchiam meu espírito, em tão lamentável situação! Pensei que ia morrer de desespero. Gritava, desvairado; golpeava com minhas mãos minha cabeça; atirava-me ao chão, enfurecido! Afinal, cansado, estendi-me por terra, perdido em cismares confusos, cada qual mais aflitivo do que o outro. Censurei-me por minha teimosia em tentar outra viagem, embora me bastasse a lição da primeira que fizera para emenda de qualquer veleidade. Era tarde, porém; e era inútil o meu lamentar; resignei-me à vontade de Deus.

Passou do meu espírito para o corpo a agitação em que me via; não podia ficar quieto em lugar nenhum; acabei subindo numa árvore muito alta, de onde, ansiosos, meus olhos varavam as planuras da ilha; nada, porém, avistava que me desse alguma esperança de libertação. Em cima via o céu; embaixo via o mar; em torno via a ilha! Céu, água, terra, vegetação! Subitamente, uma coisa estranha conformou-se ao longe! Como se fosse uma massa branca!

    Desci da árvore, recolhi os víveres que ainda tinha, caminhando na direção daquela misteriosa brancura. Enquanto caminhava, ia divisando melhor as formas da coisa desconhecida: já podia distinguir nela uma esfera de tamanho prodigioso. Afinal cheguei perto; ousei tocá-la. Era suave ao tato; andei em volta dela, fazendo mais de cinquenta passos de circunferência; procurei alguma abertura, mas não encontrei; tentei subir por ela, mas era lisa demais... Era a hora do pôr do sol; repentinamente o lugar ficou envolvido em sombra forte como de espessa nuvem cobrindo o sol. Fiquei surpreso: não podia ser a noite a chegar, pois isso era no tempo dos dias longos. Minha surpresa aumentou quando descobri a causa da penumbra; eram as enormes asas de um enorme pássaro a voar em minha direção. O caso lembrou-me a história do pássaro chamado roque, que ouvi quando era criança; história de um pássaro muito grande que nutria os filhos com carne de elefante e que podia arrebatar nos ares um rinoceronte. Acabei adivinhando o que seria aquela esfera branca a desafiar a minha curiosidade: era um ovo extraordinário de um pássaro extraordinário. Com efeito, aquela ave descomunal, descendo, acomodou-se no lugar, em cima do ovo, como se fosse chocá-lo. Como eu estava encostado nele, pude ver um dos pés da ave bem ao meu lado: era grosso como um tronco de árvore! Foi então que me veio uma ideia: tirei o meu turbante, que desenrolei; torci-o depois, fazendo uma espécie de corda; com a corda, amarrei-me ao pé da ave... Minha esperança era que, no dia seguinte, quando aquele gigante voasse, ia levar-me para longe de paragens tão desertas. Passei a noite inquieto, receando uma largada repentina. Felizmente, porém, só com o romper do dia é que o bicho decidiu voar. Então voou. E voou tão alto que perdi a terra de vista. Depois desceu. E desceu tão rapidamente que nem me sentia. Quando pousou em terra firme, tratei de me desamarrar bem depressa. Apenas me soltei dele, o roque, tendo apanhado uma serpente, voou de novo em direção ao mar.

Olhei onde estava. Era um vale profundo, cercado de montanhas tão altas que se perdiam nas nuvens; tão íngremes que não podia subir por elas. Novas preocupações encheram meu espírito. Dizia eu comigo mesmo, arrependido:

— Por que não fiquei na ilha deserta? Pelo menos lá havia frutos e água, com que me sustentar... Será que meu destino é sair de uma dificuldade para encontrar outra maior?

Caminhando pelo vale, notei que o chão estava coberto de diamantes, alguns de tamanho fora do comum. Sentia prazer em contemplá-los, mas foi um prazer que durou pouco; efetivamente, mais adiante meus olhos depararam com enormes serpentes, tão grandes que seriam capazes de engolir um elefante. E eram numerosas. Notei, porém, que se escondiam, assustadas. Com certeza se escondiam dos roques, aquele perigoso inimigo. Pensei comigo: é possível que à noite tenham mais coragem.

Passei o dia ora andando pelo vale, ora descansando nos recantos que me pareceram mais cômodos e seguros. Já o sol se punha e já a noite chegava, quando resolvi buscar alguma gruta onde me abrigasse bem, contra o perigo dos animais. Tendo encontrado um bom refúgio, tapei-lhe a entrada com uma pedra, não sem deixar uma fresta por onde pudesse entrar a luz da madrugada. Julgando-me protegido contra as serpentes, comecei a comer das provisões que ainda tinha. A música da minha ceia eram os silvos das serpentes. Multiplicando-se cada vez mais, iam eles aumentando o meu pavor. É verdade que me sentia protegido, materialmente, mas também é verdade que o coração do homem não descansa enquanto rondam os perigos. Mal e mal pude conciliar o sono. Entretanto, pela madrugada, as serpentes trataram de recolher-se; é que chegara a vez de elas temerem.

Saí da gruta ainda trêmulo, e confesso que pisava os diamantes sem a menor cobiça. Até a fascinação da riqueza pede tranquilidade de espírito, para que se aninhe no espírito do homem! Acabei

por assentar-me junto a uma árvore, a fim de comer dos restos de minhas provisões. Depois, apesar de minhas inquietações, acabei dormindo: o cansaço da noite esmorecera meus sentidos.

Não posso garantir quanto tempo dormi; quando acordei ainda era dia, e acordei com um barulho cuja causa logo descobri: eram grandes pedaços de carne fresca rolando do alto do rochedo e caindo no fundo do vale.

Então me lembrei da história do Vale dos Diamantes que uns marinheiros haviam contado. E essa história, que para mim não passava de mera fantasia, agora, ante meus olhos, se transformava na mais clara realidade. Estava acontecendo o que me fora contado: 'Na época em que as águias criam seus filhotes, mercadores astuciosos, no Vale dos Diamantes, atiram do alto, para o fundo, grandes pedaços de carne fresca em que se incrustam os diamantes; atraídas pela carne, vêm as águias, numerosas, a buscá-la, para os ninhos, para os filhotes, lá no alto da montanha; quando chegam ali, os mercadores, que aguardam, espantando as águias com muitas algazarras, e conseguem apoderar-se da carne, de que tiram os diamantes. Valem-se desse ardil porque ninguém teria coragem de descer ao vale, ao perigoso precipício'.

Até aquela hora, não julgava possível encontrar um meio de sair daquele abismo, resignado já com a triste ideia de ver ali o meu túmulo. Subitamente, porém, vi meu caminho de salvação: recolhi depressa, no surrão, os maiores diamantes que pude; escolhi um grande pedaço de carne, que amarrei no meu corpo com o mesmo turbante que de outra vez me ajudara; fiquei deitado de bruços, bem preso à carne e ao surrão... Mal me colocara assim, desceram as águias em busca do apetitoso alimento; uma delas, poderosa, carregou seu pedaço de carne; era nele que eu estava amarrado! Fui depositado no ninho; os mercadores a postos espantaram a ave, com suas muitas algazarras; um deles, aproximando-se, em busca dos diamantes, tomou um grande susto quando me viu, mas logo se tranquilizou com minha aparência humana; depois, começou a irritar-se, acusando-me de lhe haver arrebatado sua fortuna. Respondi-lhe:

— Falar-me-ás com mais bondade quando souberes quem sou e o que sofri; peço que não te zangues, pois tenho em diamantes uma riqueza que dá e sobra para nós dois; garanto que ela é maior que a soma dos diamantes de todos os mercadores juntos — aqueles que acham diamantes ao acaso; quanto a mim, escolhi-os no fundo do vale; estão nesta bolsa que vês.

Enquanto ia eu contando a minha história, foram chegando os outros mercadores, muito admirados com minha estranha presença; não sabiam que mais admirar: o plano tão astucioso de minha salvação ou a coragem que tivera ao realizá-lo.

O fato é que agora eu estava entre eles; estava de volta ao convívio dos homens.

Então, aqueles novos companheiros me levaram até o alojamento em que moravam, unidos pelo interesse comum da caça ao diamante. Diante deles abri o meu surrão; a beleza das pedras a todos maravilhou; confessavam que jamais tinham visto, nas cortes por onde sempre passavam, algum brilhante que igualasse àqueles que agora contemplavam.

A cada mercador cabia um ninho, marcado com antecedência. Então, eu disse ao dono daquele a que eu fora transportado:

— Escolhe os diamantes que te aprouver.

E ele falou, encantado com meu procedimento:

— Louvado seja Deus, pois nasceste outra vez! Até hoje, és o primeiro que regressa do Vale da Morte! Louvado seja Ele também pela generosidade que te legou!

Dizendo isso, escolheu para si um diamante, o mais modesto da coleção. Insisti com ele em que ficasse com mais alguns; recusou, entretanto, alegando:

— Estou muito satisfeito só com este; seu valor é mais do que bastante para que eu largue de fazer viagens tão penosas, em busca de fortuna; só ele chega para me estabelecer definitivamente na vida.

Passamos a noite no alojamento; por insistência de alguns, tornei a contar pormenores de minhas aventuras e desventuras; de vez em quando, podia-se ouvir uma exclamação de surpresa:

todos lamentavam as aflições por que havia eu passado, regozijando-se depois com um êxito tão auspicioso; quanto a mim, a cada lembrança dos perigos que correra, meu coração enchia-se de júbilo; parecia até um sonho que me achasse outra vez entre seres humanos!

Partimos na manhã seguinte. Na verdade, desde vários dias que ali se achavam os mercadores, atirando mantas de carne ao fundo do vale e recolhendo as presas que encontravam. E já estavam contentes da caçada.

Caminhávamos entre altas montanhas, cheios de cuidados, por causa das enormes serpentes que infestavam a região.

Afinal, chegamos a um porto e ali embarcamos para a ilha de Roá, ilha onde cresce a árvore da cânfora, uma árvore tão grande e tão copada que pode dar sombra a um grupo de cem homens. Depressa me exercitei na arte de extrair a cânfora, arte muito simples aliás: é só fazer no tronco uma incisão e, embaixo, colocar um recipiente onde o líquido, caindo, vai aos poucos endurecendo. Depois de extraída a seiva, a árvore definha e morre. Dos que se dedicam a tal ofício, não sei o que sentem; quanto a mim, confesso que me confrange o coração ver morrer uma árvore que nos dá a sua seiva.

Na ilha de Roá existem uns animais chamados rinocerontes; são menores que um elefante e maiores do que um búfalo; têm na ponta do nariz um chifre resistente; no dorso, apresentam manchas brancas, cujas formas parecem humanas. O rinoceronte e o elefante costumam lutar, numa batalha trágica: o rinoceronte rasga com o chifre o ventre do elefante, erguendo-o acima da cabeça; então o sangue e a gordura de sua vítima lhe escorrem sobre os olhos e o cegam; com a cegueira e com a dor, ele cai por terra; nessa hora vem o roque – aquela ave fenomenal de que ontem falei – e arrebata nos ares os dois lutadores, que leva para alimentos de seus filhos.

Muitas outras coisas vi, interessantes, nessa ilha de Roá, mas temo fatigar-vos com a minha narração. Troquei por diamantes algumas excelentes mercadorias. Dali seguimos a outras ilhas menos interessantes; depois, a cidades do continente, até chegarmos a Bassora; então voltei a Bagdá. Distribuí esmolas aos pobres e tomei a resolução de não mais viajar, disposto a fruir, tranquilamente, da riqueza que trouxera, conquistada, como vistes, entre muitas fadigas e aventuras."

Aqui findou Simbad a sua narração; tornou a dar a Himbad cem cequins; Himbad prometeu que voltaria no dia seguinte.

No dia seguinte, à mesma hora, chegavam Himbad, o Carregador, e os outros convivas à rica morada de Simbad, o Marujo. Este, depois de farta refeição aos convidados, deu início à história de sua terceira viagem.

Terceira viagem

"Estava eu, pois, em Bagdá, levando a vida dos que têm fortuna, esquecido já dos perigos que enfrentara nas duas primeiras viagens. Não correu muito tempo, comecei a aborrecer-me daquela vida parada e tranquila. Cheio de saúde, na flor da idade, vi-me tentado, outra vez, pelas aventuras e riscos dos grandes empreendimentos: comprei mercadorias da terra e segui para Bassora, de onde parti, com outros mercadores, para uma longa jornada.

A princípio, correu tudo favoravelmente: desembarcávamos nos portos que queríamos, para comerciar: de mar em mar, de ilha em ilha, de cidade em cidade, vendíamos, trocávamos, sempre bem-sucedidos.

Algo, porém, nos aguardava.

Um dia, em pleno mar, fomos apanhados por medonha tempestade, que nos fez perder a rota. A tormenta assolou o mar, teimosamente, durante largo tempo, atirando-nos a uma ilha, em que tivemos de desembarcar.

Ao arriar das velas, disse o capitão:

— As ilhas deste lugar são habitadas por selvagens peludos, que virão atacar-nos; embora sejam anões, é um perigo resistir-lhes, devido ao seu grande número; cairão sobre nossas mercadorias como nuvens de gafanhotos; se praticarmos a inabilidade de matar algum, estaremos liquidados.

O discurso do capitão consternou a equipagem, e nosso desagrado aumentou quando nos certificamos de que dizia a verdade: vimos surgir perante nós uns homenzinhos horrendos, de apenas dois pés de altura, cobertos de pelo ruivo, em grande multidão; atiraram-se à água e cercaram o navio, nadando; falavam, mas não podíamos entender sua linguagem; assaltaram a embarcação, subiram pelos cabos, roendo uns, cortando outros; chegaram à ponta do mastro, numa agilidade espantosa; pareceu que tinham asas e não pés.

Assistíamos ao espetáculo, amedrontados, sem coragem de impedi-los, aguardando, assim, a pilhagem de nossas mercadorias; até receávamos que algum companheiro mais violento resolvesse reagir, pois isso teria por consequência nossa destruição.

Os anões acabaram levando o navio para uma ilha próxima, onde nos fizeram desembarcar; depois, voltaram com ele à ilha de onde haviam saído.

O lugar em que nos abandonaram tinha fama de perigoso, e dele passavam longe os navegantes. Daqui a pouco ficareis sabendo a razão de tanta prudência.

Afastamo-nos da praia, em busca de ervas e frutos com que manter a vida, embora ameaçados de morte. E a morte rondava, de fato, aquelas paragens.

Sempre caminhando, vimos à distância uma grande casa, para a qual nos dirigimos. Era um palácio muito alto, bem construído, a que dava ingresso um majestoso portão de ébano. Abrimo-lo facilmente. No pátio interior pudemos ver, de um lado, num vestíbulo, um amontoado de ossos humanos; do outro lado, uma enorme quantidade de espetos. Vede agora se não era de espantar uma visão assim! Como já estávamos cansados de andar e de ter medo, nossas pernas tremeram e caímos por terra. Conservamo-nos imóveis, muito tempo, cheios de mortal pavor.

O sol já se escondia, como fugindo ao espetáculo de nossa lassidão e miséria. Bruscamente, com ruído infernal, abriu-se uma porta interna da morada e surgiu perante nós a figura medonha de um monstro negro e alto, da altura de uma palmeira! No lugar dos olhos, no meio da testa, tinha um só olho, vermelho e ardente; sua boca era larga feito a boca de um cavalo; o maxilar inferior descia até o peito; os dentes superiores eram dentuças compridas, pontiagudas e ressaídas; as orelhas eram como de elefante, caindo até os ombros; as unhas eram longas e recurvas, como garras de rapina!

À vista de um bicho assim, tão feio e feroz, desmaiamos! Quando voltei a mim, o gigante estava assentado no vestíbulo, olhando-nos com aquele olho de fogo! Depois de nos observar algum tempo, ele pegou-me pelo pescoço, ergueu-me no ar e me virou de um lado e de outro, como faz o magarefe à carne que vai talhar. Minha compleição, porém, não lhe agradou, pois me largou de lado e passou a examinar outros companheiros. Sua escolha recaiu no capitão, que era o mais gordo de nosso grupo. Tomou-o na mão, como se toma um pardal; atirou-o depois contra a laje, esmagando-lhe a cabeça; atravessou-o num espeto e pô-lo a assar, num fogo, perto. Sentou-se esperando; em seguida, gulosamente devorou a carne do homem. Finda a tétrica refeição, recostou-se e dormiu. Dormiu profundamente e roncava, enchendo os ares com o ruído estertoroso de seu respirar, semelhante ao repetido ribombo de trovões ressoando. Dormiu a noite inteira, enquanto nós nem ao menos podíamos gozar a doçura de algum repouso, alertados pelos roncos do gigante e pela inquietação de nossos pobres corações.

Ao despertar da aurora, o ciclope levantou-se e partiu, nos deixando sozinhos no castelo. Vendo que ele se distanciara, rompemos o triste silêncio que guardávamos. Começou entre nós um longo lamento doloroso, num crescendo constante, a encher o palácio todo. Desesperados, nem percebíamos que gemendo uns aumentavam as aflições dos outros.

Embora fôssemos vários, e nosso inimigo um só, não nos passou pela mente a ideia de o eliminar e assim nos libertarmos do perigo em que estávamos. Matar o gigante era empresa difícil, mas era a única coisa que devíamos tentar fazer. Discutíamos longamente as providências que convinha tomar; as sugestões multiplicavam-se, mas não víamos a solução. Finalmente, entregamo-nos a Deus e deixamos a sorte correr.

— Aconteça o que acontecer, que Deus nos guie!

Assim exclamaram todos. Alimentados pela esperança de um socorro divino, percorremos a ilha nutrindo-nos de frutos e ervas. Procurávamos um esconderijo contra o gigante, mas não o encontramos. Sem que soubéssemos dizer por quê, à tardinha estávamos de regresso ao palácio.

O gigante chegou à hora da ceia. Vimos repetir-se, medonha, a cena macabra da véspera: o gigante escolhendo, entre nós, para seu prato do dia, quem é que ele iria assar no espeto! A vítima foi um outro companheiro.

Tendo dormido uma noite igual à noite anterior, o gigante levantou, saiu e deixou-nos. Nossa condição era de inspirar misericórdia. Alguns estavam com ímpetos de se precipitar nas águas

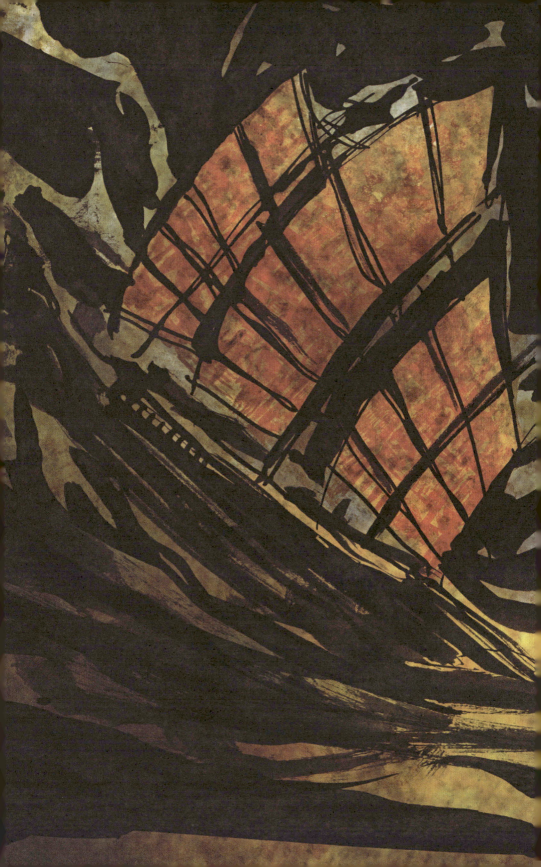

do mar: era melhor do que estar esperando morte tão horrorosa. A excitação contaminou o grupo todo. Aí um dos companheiros fez as seguintes ponderações:

— Afogar-se no mar é suicídio; não é lícito alguém buscar a morte por vontade própria; o que nos cumpre é buscar um meio de nos desfazermos do monstro, praticando um ato de legítima defesa.

Foi então que me acudiu uma ideia; comuniquei-a aos companheiros e foi aprovada:

— Meus irmãos, sabeis que há bosques perto do mar; construamos jangadas que nos possam levar daqui; conservá-las-emos escondidas para um caso de emergência, enquanto realizamos o plano de nossa libertação; se ele der certo, aguardaremos algum navio que nos possa levar desta ilha fatal; se ele falhar, fugiremos nas jangadas, mar afora, ao deus-dará; enfrentar assim as ondas, em tão frágil construção, confesso que é arriscar muito a vida, mas, se tivermos de morrer, é melhor que seja nas entranhas do mar do que nas entranhas do monstro que já nos devorou dois companheiros.

Minha proposta foi admitida por todos e construímos jangadas capazes de levar três pessoas cada uma.

Voltamos ao palácio. Depois chegou o gigante. Mais um companheiro foi sacrificado.

Agora vos conto de que modo foi a nossa vingança. Terminada a ceia fatídica, o monstro deitou-se e dormiu; dormiu e começou a roncar; então, nove dos nossos companheiros mais corajosos apanhamos nove espetos, que levamos ao fogo, onde os deixamos até que ficassem com as pontas vermelhas; assim armados, e com a força que ainda tínhamos, todos nós golpeamos, a um só tempo, o olho único do gigante! O monstro, com a dor, soltou um berro apavorante e ergueu-se bruscamente, estendendo as mãos para todo lado; mas já havíamos escapado, deitando-nos em lugares que seus pés não poderiam alcançar.

Desnorteado e cego, tateando e lamentando-se, ele encontrou a porta; e pela porta saiu, gritando, gesticulando, batendo os pés, fazendo a terra tremer.

Depois dele, nós também saímos, correndo em busca do local onde estavam as jangadas; aí esperamos o dia clarear, pois tínhamos alguma esperança de que a fera morresse; caso tal acontecesse, permaneceríamos na ilha, vigiando o mar, à espera do primeiro navio que nos visse.

Quando raiou a aurora, que susto levamos! O gigante, cego, vinha caminhando na direção ao lugar em que estávamos, e com ele vinham mais gigantes; alguns do mesmo tamanho; outros, menores. Ficamos muito admirados, pois não sabíamos onde os fora buscar.

À vista de tais tremendos inimigos, corremos para as jangadas, fugindo com toda a pressa. Quando nos viram no mar, os gigantes correram à praia, munidos de grandes pedras; alguns entraram na água até meio corpo e jogavam os pedrouços contra nossas jangadas; a pontaria era boa, afundando as embarcações e matando os companheiros; a minha, com sua tripulação, escapou milagrosamente; rompemos mar afora, e já estávamos salvos dos temíveis projéteis de tão danados inimigos; agora, porém, éramos joguete dos ventos e das ondas.

Passamos assim o dia; assim passamos a noite. Na manhã seguinte, fomos arremessados a uma ilha em que arribamos.

Imaginai a tristeza de nossa penúria, acabrunhados, ainda por cima, com a perda de tantos companheiros! Imaginai também nosso estado de alívio, ao escapar de tamanha morte, sentindo outra vez a possibilidade de viver!

Dos frutos da ilha pudemos comer, refazendo as forças esgotadas. Ao cair da noite, procuramos um abrigo perto do mar. Mal começávamos a dormir, veio despertar-nos um ruído estranho: era uma enorme serpente, rastejando perto de nós, estalando na terra suas barulhentas escamas. Um dos companheiros não teve tempo de escapar ao bote do animal. Coitado dele! Debatia-se e gritava por socorro, mas em vão! A serpente o engoliu! Já estava no ventre do monstro e pareceu-nos que ainda se debatia! E pareceu-nos ouvir um estalar de costelas!

Saciada, a serpente afastou-se.

Na manhã seguinte, verificamos, com espanto, que ela devolvera os ossos da vítima; lá estavam eles, amontoados no chão. Agora éramos só dois, e nós dois exclamamos:

— Ó Deus, a que estamos sujeitos! Ontem nos dizíamos felizes por termos fugido ao gigante e à fúria do mar! Hoje, de novo nos ronda o terrível perigo!

Como não adiantavam lamentos, andamos pela ilha buscando salvação. Comemos dos frutos da terra, que eram saborosos e muito nos deliciariam, se não estivesse amarga a nossa boca, se amargo não estivesse o nosso coração!

À tardinha, escolhemos uma árvore alta e copada em que passássemos a noite, resguardados do perigo da serpente. Caindo a noite, ali nos ajeitamos entre os galhos. Daí a pouco, ouviu-se o silvo da serpente a nossos pés. Nas trevas da escuridão, enrolara-se ao tronco e chegara onde estávamos, atingindo meu infeliz companheiro, que devorou num instante, logo se retirando.

Continuei na árvore até a luz da aurora. Desci mais morto do que vivo, pensando na terceira noite que seria a do meu fim, um fim igual ao de meus dois companheiros. Veio-me à lembrança a ideia de me lançar às ondas, mas também me veio ao pensamento que só Deus é senhor de nossas vidas. Submeti-me à Sua vontade. No íntimo de meu coração palpitava o desejo de viver, o desejo de prolongar a existência tanto quanto possível. Pensei nos meios de defender-me. Ajuntei ramos e espinhos, em grandes montes, e trancei uma sebe espessa, a fim de proteger a árvore em que iria passar a noite. Já estava acomodado no meu galho quando ouvi o silvo da serpente. Encontrando a dificuldade, a cobra não desanimou; lutou a noite inteirinha contra o obstáculo que nos separava. Mas foi uma luta vã; parecia um gato que caçasse um rato, metido em abrigo inacessível. Com o romper da aurora, retirou-se, silvando cheia de cólera. Quando se fez dia claro, saí da minha fortaleza.

Estava cansado com o trabalho que tivera e abatido com os efeitos do bafo empestado da serpente. Já a morte me parecia preferível. Esquecera-me da resignação da véspera. Corri para o mar, impelido por uma agitação de loucura. Mas Deus fora tocado pela minha angústia: chegando à praia, divisei ao longe um navio! Gritei o mais que pude: gritei tão alto quanto possível; desenrolei o meu turbante, que agitei no espaço, para que me vissem. Meu esforço não foi em vão: fui percebido pelos tripulantes e o capitão mandou buscar-me, num barco.

Chegado a bordo, marinheiros e mercadores, curiosos, indagavam como tinha ido dar àquelas paragens. Narrei-lhes o acontecido. Então, os mais velhos se puseram a informar que já tinham ouvido falar nos gigantes antropófagos da ilha, comedores de homens assados no espeto. Também tinham ouvido falar da serpente monstruosa que devorava à noite as suas vítimas e passava o dia escondida.

Todos me deram provas de alegria por me verem salvo de tais perigos; ofereciam-me de beber e de comer; notando que minhas vestes estavam esfarrapadas, o capitão presenteou-me com roupas novas.

Percorremos o mar por algum tempo, tocando em diversas ilhas, até que chegamos à ilha de Salaá, rica em madeira de sândalo. (Salaá ou Essalaiatá é uma ilha do arquipélago de Sonda.)

Assim que ancoramos, começou cada um a desembarcar mercadorias para vender ou trocar.

O capitão chamou-me e disse:

— Irmão, tenho nesta nau um carregamento que pertencia a um mercador que antes viajava conosco. Ali está o carregamento. Se queres, podes negociá-lo, sob condição de, reservada a tua percentagem, devolveres o mais aos herdeiros do mercador, assim que for possível encontrá-los.

Concordei com o capitão e muito lhe agradeci a oportunidade que me dava.

Na hora de registrar os fardos que me eram entregues, perguntou o escrivão ao comandante:

— Sob que nome escrevo essa mercadoria que foi entregue ao recém-chegado?

O capitão respondeu:

— Sob o nome de Simbad, o Marujo, pois este era o nome de seu dono.

Ouvi com emoção aquele nome, que era o meu. Comecei a examinar mais detidamente a figura do capitão e reconheci nele o capitão que me deixara dormindo na ilha deserta. Sua fisionomia mudara um pouco, mas era ele. Fora curta a nossa convivência; além disso, eu só podia ser tomado por um homem morto ou desaparecido: era natural que não me reconhecesse.

Eu perguntei-lhe:

— Então se chamava Simbad o marujo a quem pertencia esta mercancia?

— Sim — respondeu —, esse era o seu nome; era de Bagdá e embarcara conosco em Bassora; um dia, na viagem, descemos a uma ilha, para descansar; depois, nos fizemos ao mar novamente, sem perceber que ele não reembarcara; demos por sua falta quatro horas depois. Como íamos de vento em popa, foi impossível voltar e buscá-lo.

— Acreditas então que ele esteja morto?

— Infelizmente, sim — tornou o capitão.

Eu disse-lhe:

— Abre bem os olhos, capitão, e vê se podes reconhecer aquele mesmo Simbad que deixaste na ilha deserta. Eu dormira perto de um riacho e, quando acordei, não vi mais ninguém no navio.

O capitão considerou-me fixamente; acabou por me reconhecer, abraçando-me então e dizendo:

— Deus seja louvado! Sinto-me feliz por um acaso providencial haver reparado minha falta. Aí tens a tua mercadoria; correu comigo muitos portos: hoje está valorizada.

Agradeci-lhe o favor. Da ilha de Salaá, zarpamos a uma outra, onde fiz provisão de cravo, de canela e de mais especiarias.

Através do mar das Índias, pude ver maravilhas como uma tartaruga de vinte côvados de comprimento por vinte de largura; ou um peixe que parecia vaca, dava leite e era de casco tão duro que servia para fazer escudos (provavelmente o hipopótamo);

ou um outro que tinha aparência de um camelo (foca?); ou ainda um pássaro que sai de uma concha que parece chocar os ovos sobre as águas (o albatroz?).

Finalmente, após longas errâncias, cheguei a Bassora, de onde vim a Bagdá, rico e tão rico a ponto de ser difícil avaliar minha fortuna.

Em sinal de gratidão ao Eterno, pelo feliz termo de minhas aventuras, distribuí aos pobres grande parte de meus bens."

Simbad terminou a narração de sua terceira viagem; deu cem cequins a Himbad e convidou-o para vir jantar no dia seguinte. Himbad e os demais convivas se retiraram. Na tarde seguinte, voltaram. Depois de uma grande ceia, tomou Simbad a palavra e continuou a contar a história de suas viagens.

Quarta viagem

"Apesar de minhas alegrias, apesar dos encantos de Bagdá, a fascinação do mar dominou-me outra vez. A alma de marujo persistia em mim – queria ver novas terras, novos ares, novas coisas, novas gentes; ansiava pela aventura.

Normalizei meus negócios, arranjei mercadorias de troca e venda e parti. Dessa vez tomei o caminho da Pérsia; corri diversas províncias, cheguei a um porto e embarquei.

Fomos tocando portos continentais e portos insulares, nas muitas ilhas orientais. Um dia, em nossa viagem, foi a nau surpreendida por um vento ríspido e cortante. O capitão mandou amainar as velas sem demora; não esperou, no entanto, o vendaval, que fez as velas em mil pedaços, inutilizando toda a manobra. Além disto, atirou a nau, desgovernada, contra os recifes, onde ela se quebrou, despejando no mar homens e coisas. Agarrados a destroços, foram salvando-se alguns marujos, até mesmo eu.

Arrastados por uma corrente, fomos levados a uma ilha, que pôs alguma esperança em nossos corações. Comemos do que a terra nos oferecia e bebemos água fresca das fontes. Passamos a noite na região em que desembarcáramos, ainda sem nenhum plano para o futuro. O cansaço deu-nos sono para todo o tempo.

No dia seguinte, nascia o sol quando nos internamos pela ilha. Vendo, longe, habitações, para lá nos dirigimos. Eram casinholas muito numerosas; chegando perto, homens de pele escura vieram encontrar-nos; depois de nos cercar e nos prender, levaram-nos para o povoado. Lá nos fizeram sentar e serviram uma erva desconhecida, indicando eles com muitos sinais que devíamos comer. Eu, ou porque não me agradasse o aspecto da erva, ou porque me movesse algum pressentimento, evitei de tocar naquela tal iguaria... Cada um dos companheiros, no entanto, foi comendo sua parte, irrefletidamente, com precipitação. Daí a algum tempo, continuando eu em meu juízo, começaram eles a mostrar sua turbação mental, falando coisas sem nexo, incapazes de ouvir e de entender. Depois das ervas, foi servido um arroz feito no óleo de coco; devoravam meus companheiros sua ração com uma gula de animais, enquanto eu me limitava a comer discretamente.

Compreendi então que os nativos haviam começado por nos dar aquela erva porque tinha a virtude de produzir inconsciência: assim tornados incautos, estaríamos desprevenidos ante a sorte que nos aguardava: ser o alimento da tribo. Transtornado o espírito e excitado o apetite, iríamos comer como irracionais, engordando com facilidade, transmudados em promessas de repastos saborosos para aquela gente.

Quanto a mim, em pleno juízo, alimentava-me pouco, e em consequência não engordava e não interessava aqueles antropófagos na minha carne, mas eu vi com mágoa e sem remédio como devoravam, apetitosamente, os meus companheiros.

O medo de morrer transformava em veneno a comida que eu punha na boca; emagreci e entrei num estado de langor que me foi salutar: por me verem assim, descarnado, seco e doente, iam adiando minha morte.

Fui mantendo o meu jejum e acabei meio esquecido pelos habitantes da ilha; não se importando comigo, tive mais liberdade de movimento e ação. Um dia, afastando-me da taba, caminhei pela ilha afora; a certa altura dessa jornada dei com as vistas num velho que estava assentado num promontório; reconheci nele o homem que tinha sido encarregado de nos vigiar; ao ver-me, ele, desconfiado de minhas intenções, ordenou que eu voltasse, mas eu fiz-me de desentendido e fugi a todo correr, até que me perdeu de vista. Eu tinha esperança naquela fuga, pois os homens da tribo se haviam ausentado e só regressariam com a noitinha; e, quando chegassem, não teriam mais tempo de perseguir-me.

Caminhei até o pôr do sol. Com o crepúsculo, assentei-me numa colina a fim de comer um pouco das provisões que trouxera. Depois, retomei a marcha.

Continuei andando sete dias, atento à prudência de evitar os lugares habitados. Meu principal alimento era coco, pois existia muito na ilha: na sua água fresca e na sua polpa de alto valor nutritivo é que estava a minha vida.

Não seria fácil rememorar as ideias que me encheram o espírito, naqueles sete dias de isolamento.

No oitavo dia, cheguei perto do mar, a uma região em que um grupo de homens colhia a pimenta, muito abundante no lugar. E eram homens brancos como eu! Vê-los colher pimentas já tinha sido um bom agouro. Não tive medo de me aproximar, nem eles o de se adiantarem até mim, perguntando-me em árabe – o que me provocou funda emoção – quem eu era e de onde vinha.

Contei-lhes minhas desventuras: o naufrágio, a ilha, os homens de pele escura, a fuga...

— Não é possível! — exclamaram —, esses 'pele escura' comem gente! Como é que escapaste de sua crueldade? Não há notícia de alguém que tenha fugido às mãos de semelhantes feras!

Narrei-lhes a minha fuga tal qual acabastes de ouvir.

Fiquei entre os novos amigos até o fim da colheita, em que também os ajudei. Depois levaram-me consigo, na embarcação em que vieram, para a ilha de onde vinham. Ali, apresentaram-me ao rei, que era um bom governante. Este ouviu, interessado, minha narração, espantado da sorte que me favorecera na fuga. Mandou que me oferecessem vestes próprias e me tratassem bem.

Era uma ilha populosa e rica; sua capital era um empório de muito comércio. Esse foi meu refúgio e meu consolo das desditas passadas; e a bondade do rei acabou por me tornar feliz. Eu era alvo de todas as atenções; na cidade e na corte só cuidavam de meu prazer; cheguei até a esquecer-me, em pouco tempo, da minha condição de estrangeiro.

Notei, na ilha, uma coisa estranha: todos, até o rei, montavam cavalo em pelo. Tomei a liberdade de indagar do soberano:

— Por que ninguém usa freio, nem sela, nem estribos?

E ele explicou-me:

— Falas de coisas que desconhecemos.

Expus ao rei que tipo de comodidade os arreios representam e dispus-me a fazer-lhe uns, caso fosse gosto de Sua Majestade.

Procurei um marceneiro que me lavrasse a fôrma, de acordo com o modelo que lhe dei; preparada esta, enchi-a de crina, forrei-a de couro, bordei-a de ouro; um ferreiro, com minhas indicações, preparou os estribos e o freio; eu mesmo cardei a lã...

Quando tudo ficou pronto, fui ao rei e arreei-lhe um cavalo. Ficou o soberano tão contente com a invenção que me presenteou mais do que regiamente. Daí por diante, fui obrigado a fabricar selas para os ministros e para as pessoas principais do séquito real, mas ganhei tantos presentes que fiquei rico em pouco tempo.

De parceria com o marceneiro e o ferreiro, fabricava selas, a serviço das pessoas mais qualificadas da capital. No conceito do rei e dos grandes senhores, minha reputação chegara a grandes alturas. Ia ao palácio diariamente.

De uma feita, falou-me Sua Majestade:

— Simbad, bem vês quanto te queremos, eu e meus súditos; hoje, tenho um pedido a fazer-te, e cumpre que me atendas.

— Senhor — respondi —, cumprirei fielmente toda decisão de Vossa Majestade; seu poder sobre mim não tem limites.

— Quero que te cases — tornou o rei —, quero que te cases com uma nobre mulher de meus Estados; se assim o quero é para que te prendas à nossa terra e deixes de pensar no regresso à tua pátria; dar-te-ei um palácio em que possas morar.

Empenhara a minha palavra e não podia resistir ao desejo do rei: fui casado com uma dama da corte, que era digna, sensata, rica e bela; e fui morar no palácio que o rei me ofertara.

Vivia feliz, mas uma coisa me sobrava: eram as saudades de Bagdá. A saudade da pátria distante magoava o prazer das satisfações de que me via rodeado, e pensava comigo: 'Assim que puder, regressarei, levando minha esposa'.

Estava meu coração tomado de tais agitações, quando morreu a mulher de um meu vizinho e grande amigo. Fui levar-lhe a expressão de meu pesar; encontrei-o metido em aflição excessiva, e disse-lhe, consolando-o:

— Não te entregues à dor; confia em Deus, pois Dele te virá o conforto e muitos anos de vida.

— Oxalá pudesse viver longa vida! Ai de mim, pois que a morte me espera para daqui a uma hora!

— Ora! Que tolice! — falei eu. — És moço, és forte, com uma garantia de muitos anos ainda! Afasta de teu espírito esses funestos pensamentos.

O viúvo, infeliz, replicou:

— Tomara Deus que tua vida seja de longa duração! Para a minha, já não há remédio: daqui a pouco serei enterrado com minha mulher. Bem vejo que desconheces um costume desta ilha, que vem dos antepassados e vigora até hoje: o marido vivo é enterrado com a esposa morta; a esposa viva é enterrada com o marido morto. Nada pode salvar-me: é uma lei fatal.

Enquanto assim me falava de costume tão bárbaro, foram chegando parentes, amigos, vizinhos: vinham consolar o viúvo e animá-lo a morrer.

A essa hora já haviam começado as disposições para a fúnebre cerimônia: vestiram o cadáver da mulher com seu traje mais rico, adornado de todas as joias que tinha, como se fosse dia de casamento! Colocaram-no em um ataúde, aberto, e o cortejo pôs-se em marcha. Perto do ataúde ia o marido. Seguiram até uma montanha perto do mar. Chegados ao alto, foi erguida, da boca de um poço, a pedra que a vedava; alguns homens fizeram descer o cadáver. O viúvo, tendo abraçado parentes e amigos, deixou que lhe amarrassem no tronco sete pães e um cântaro de água; depois, em outro ataúde aberto, foi baixado às profundezas do poço. Terminada a cena, recolocaram a pedra da abertura.

Nem era preciso dizer que assisti ao ato, notando que os outros com ele não se comoviam, acostumados que estavam a semelhante prática. De mim, sentindo que a morte daquele homem era mais terrível do que a morte natural, fui procurar o rei, a fim de lhe dizer:

— Senhor, fiquei estarrecido ante um esquisito costume em seus Estados: o de enterrar vivos juntamente com os mortos! Muito viajando, tenho vivido entre povos das mais diversas nações e jamais vi constar, em nenhum deles, uma lei tão cruel!

Então disse o rei:

— Que queres, Simbad? É uma lei comum: eu mesmo a ela estou sujeito: serei enterrado vivo, com a rainha minha esposa, caso morra antes de mim.

— Senhor — respondi —, ouso perguntar se a tal lei está sujeito um estrangeiro.

— De certo que está — disse o rei, que ria de meu susto —, os estrangeiros casados nesta ilha seguem os ritos que nossa lei consagra.

Voltei a casa muito triste; tremia só de pensar que minha mulher pudesse morrer antes de mim e eu, vivo, tivesse de ser enterrado com ela. Tranquilizou-me um pouco a ideia de que ninguém sabe o que está para acontecer: talvez eu morresse primeiro... e minha mulher é que teria de me acompanhar. Habituada às práticas locais, para ela isso não era angustiante como para mim. Tratei de ter paciência e entregar-me às mãos de Deus.

Na verdade, dessa ocasião em diante eu ficava alarmado com qualquer indisposiçãozinha que acometia minha mulher. E, o pior de tudo, mais cedo do que esperava me veio o pavor fatal: um dia ela adoeceu gravemente e morreu sem demora!

Imaginai o meu terror: ser enterrado vivo! Era pior do que ser devorado por antropófagos!

Acompanhado de toda a corte, o rei quis honrar os funerais com sua presença; também me vieram demonstrar apreço as pessoas mais gradas da terra. A mulher foi ornada com as mais ricas vestes que tinha e com todas as suas joias. O cortejo partiu. Logo após o ataúde, seguia eu, ator forçado de tal tragédia. Banhado em lágrimas, deplorava meu infeliz destino. O pesar de perder uma esposa querida misturava-se com o horror de me perder a mim mesmo.

Chegando ao alto da montanha, tentei demover os presentes da intenção de me enterrarem vivo. Falei primeiro ao rei e aos que estavam mais perto; depois a todos; curvei a cabeça até o chão e implorei:

— Considerai que sou estrangeiro e que não devo estar obrigado a uma lei tão severa! Tenho parentes e amigos em Bagdá: lá estão eles aguardando o meu regresso!

Ninguém se impressionou. Minhas palavras foram inúteis — pela boca do poço, logo desceram o corpo de minha mulher; em seguida, metido em meu ataúde, também me fizeram descer, aprovisionado com o cântaro de água e os sete pães.

Fecharam a boca do poço; findara a cerimônia. Eu gritava de dor e de desespero. Mas fui examinando o subterrâneo: era uma vastíssima gruta, com uns cinquenta côvados de profundidade; estava pesada de um odor fétido, que vinha dos cadáveres ali atirados; pareceu-me ainda ouvir suspiros de algum enterrado vivo mais recente; não foi difícil deixar o ataúde, que era sem tampa, conforme disse antes; tapei o nariz e busquei fugir da pestilência; deitado no chão, banhado de lágrimas, ia eu dizendo para mim mesmo:

— É verdade que Deus dispõe de nós segundo os decretos de sua Providência; mas tu, Simbad, és culpado de morreres de uma morte tão estranha! Antes Deus fosse servido que morresses em um daqueles naufrágios de que escapaste em vez de vir terminar a vida em agonia tão lenta e tão lúgubre! Será que tua ambição te perdeu? Não era melhor que tivesses ficado em casa, no lar, na pátria, logrando pacatamente os frutos de teu trabalho?

Tais eram as inúteis lamentações com que eu enchia a gruta; e batia a cabeça contra a terra, cheio de raiva e desespero, completamente dominado por minha dor. Mas não chamava a morte em meu auxílio; miserável eu era, mas queria viver a todo o custo. Tateando, procurei a água e o pão que trouxera; comi e bebi. Apesar da obscuridade reinante, comecei a sentir que a gruta era mais espaçosa e mais cheia de cadáveres do que antes supunha.

Assim fui vivendo com meu pão e minha água. Da primeira vez que vi abrir lá em cima a boca do poço, aconteceu de ser o cadáver de um homem e, depois, o corpo, vivo, de sua mulher. Nas situações extremas, a criatura humana toma, às vezes, resoluções extremas, sem fazer conta nem do certo nem do errado. Chegando-me ao ataúde em que estava a mulher, desferi-lhe na cabeça dois ou três golpes com um osso que eu tomara; ela ficou atordoada... ou, antes, devo confessar-vos que morreu; pratiquei ação tão feia para que me apoderasse do pão e da água que estavam no ataúde.

Algum tempo depois, desciam uma mulher morta e um homem vivo; com o mesmo estratagema, e pela mesma razão, também matei aquele homem. E assim, enquanto ali estive, matava sempre o acompanhante do defunto, a fim de lhe tomar as provisões. E os enterros multiplicavam-se; até parece que havia dado peste na ilha! Armazenei bastante alimento.

Um dia, estava eu acomodado, quando ouvi respiração e ruído de passos; caminhei na direção; lobriguei uma sombra que fugia; Persegui-a durante muito tempo, até que me surpreendeu uma luz que parecia o brilho de uma estrela; prossegui na direção; de vez em quando, a claridade sumia; de vez em quando a reencontrava; Localizei, finalmente, uma fenda de comunicação com o exterior! Era uma possibilidade de salvar-me! Na alegria, como na dor, as emoções são violentas. Custei a refazer-me da emoção que me tomara! Consegui sair pela fenda! Corri, desenfreado, até o mar!

Pensai na minha alegria. Eu dizia comigo: 'Estarei sonhando?' Lentamente me convenci da realidade e dei graças ao Senhor pela sua infinita misericórdia. Também vi que estava cheio de coragem para enfrentar adversidades que o destino quisesse colocar no meu caminho.

Assim que pude refletir melhor, compreendi que a sombra que respirava e andava era a de algum animal que, pela fenda, ia lá dentro devorar os cadáveres.

Examinei a montanha e vi que o lado onde estava era inacessível aos habitantes da ilha: ora, isso representava para mim alguma tranquilidade! Voltei à gruta a fim de buscar pão e de o comer, apetitosamente, à luz do dia, fora da tumba tenebrosa e fétida. Uma segunda vez entrei na gruta escura: tivera uma outra ideia e lá voltava para buscar diamantes, rubis, pérolas, braceletes, ricos mantos. Fiz alguns fardos, que amarrava com as cordas dos ataúdes. Acomodei aquela fortuna perto do mar, sem receio, pois só a chuva a poderia estragar – e não era tempo de chuva.

Ao fim do terceiro dia, vi uma embarcação vogando a certa distância, devendo ter deixado um porto ali por perto. Desenrolei o meu turbante, que agitei no espaço, e gritei o mais que pude. Fui ouvido e visto, e um barco veio buscar-me.

Perguntaram-me por que desgraça estava eu ali; respondi que me salvara de um naufrágio, dias antes, com aquela mercadoria. Felizmente para mim, não buscaram certeza do lugar em que me achava, nem da verdade do que eu dizia; tomaram-me com os fardos, no batel, e fomos para o navio. Também o capitão deste, contente do favor de me salvar, e ocupado nos trabalhos do comando, acreditou mui simplesmente em meu naufrágio. Em paga do socorro que me dera, ofereci-lhe algumas pedras preciosas, mas ele recusou.

Passamos por várias ilhas, entre outras a dos Sinos, a dez dias de Serendib, também chamada Ceilão, e a seis dias da ilha de Quela, na Índia; nesta desembarcamos, e aí encontramos chumbo, cânfora, bem como grande plantação de cana-da-índia.

O rei da ilha de Quela é muito poderoso; seu domínio vai até a ilha dos Sinos, que é de grande extensão, mas habitada por gente bárbara, que até come carne humana.

De Quela, onde se fez bom negócio, fomos tocando vários portos; e vim regressando, até que me achei, novamente, em Bagdá, locupletado de riquezas abundantes.

Dando graças a Deus por todos os favores recebidos, distribuí esmolas que bastassem a manter muitas mesquitas e muitos pobres. Alegrei-me com meus parentes, meus amigos, e passei a viver feliz e sossegado."

Finda a narração da quarta viagem, provocando mais admiração que as precedentes, Simbad, o Marujo, tornou a dar cem cequins a Himbad, o carregador, renovando a todos os presentes o mesmo convite, para que ali estivessem no dia seguinte, à mesma hora, para outra ceia e outra aventura: a narração da quinta viagem.

Todos se despediram e se foram. No dia seguinte, todos voltaram, assentaram-se à mesa e cearam. Finda a refeição, Simbad deu começo à história da quinta viagem.

Quinta viagem

"A vida feliz que eu levava entre parentes e amigos fazia olvidar as canseiras que passara, mas não era bastante para me arrancar da alma o anseio de novas viagens: vivia em mim o marujo.

Um dia, depois de comprar mercadorias que fiz enfardar e carregar em viaturas, saí a caminho do primeiro porto de mar que encontrasse.

Não querendo depender de capitão, mandei armar um navio por minha conta. Para lotá-lo, não chegavam as mercadorias que eu tinha; então, recebi a bordo outros mercadores com suas mercancias.

Demos velas aos ventos e partimos. Passados alguns dias, descemos numa ilha a fim de descansar. Logo de chegada, avistamos um ovo de roque, do tamanho daquele de que já vos falei. Examinando-o, notamos que continha um filhote, quase no dia de sair da casca, pois seu bico já estava aparecendo. Os mercadores ficaram admirados do tamanho do ovo e, apesar de minhas advertências para que não o fizessem, atacaram-no a machadadas e de dentro lhe arrancaram o filhote, em pedaços, que assaram e comeram.

Mal acabavam de regalar-se com a carne de roque, vimos duas nuvens grossas, desde o mar, andando em nossa direção. O capitão que eu contratara e que da coisa tinha experiência imediatamente gritou:

— Aquelas grossas nuvens são dois roques: o pai e a mãe do filhote que comestes. Correi depressa, a embarcar, pois prevejo perigos e desgraças!

Depressa, então, voltamos ao navio. Emitindo vozes terríveis, os roques vinham chegando e entraram em grande agitação quando viram que o ovo fora destruído; voaram na direção de onde tinham vindo e desapareceram. Nós, com o vento e com o tempo, íamos fugindo com toda a pressa.

Não demorou muito voltaram os roques, agarrando cada um o seu pedrouço. Em vez de passar além, vieram pairar sobre o navio. Aí o primeiro deles largou a enorme pedra que trazia nas garras: a uma manobra do timoneiro, a pedra caiu no mar; o impacto, com grande barulho, fendeu o corpo das ondas e quase vimos o fundo. Mas durou pouco a sorte que tivéramos: o segundo roque lançou a pedra bem no meio de nossa embarcação, rompendo-a em pedaços, matando tripulantes ou afundando-os. Quando voltei à tona, pude agarrar-me a uma tábua. Fomos boiando, ao sabor das ondas, no rumo da corrente, que nos levou a uma ilha. Foi assim que me salvei!

Não tinha a menor ideia do que me esperava. Assentei-me na relva, que era viçosa, e descansei. Enquanto isso, olhava o lugar em torno: a ilha tinha aspecto agradável – parecia um jardim encantado. Havia flores em profusão; havia frutos abundantes, verdes e maduros; serpeavam pela terra, em riachos graciosos, águas claras e mansas; pelo campo, nos arbustos e nas árvores, cantavam pássaros melodiosos.

Comi dos frutos e bebi da água, ouvindo os pássaros, contemplando as flores.

Ao cair da noite, fatigado com as emoções do dia, deitei na relva para dormir. Perturbava-me, entretanto, aquele medo de estar só, numa ilha deserta. Repetia, para mim mesmo, algumas censuras ao meu temperamento desassentado, o qual me fazia achar em tais perigos, em vez de estar em casa, pacato e sereno, entre parentes e amigos. Afinal, para que empreendera eu nova viagem?

A luz do dia resolveu minhas aflições. Caminhei entre as árvores, sem apreensão. Comecei a seguir o curso caprichoso de um regato. A certa altura, encontrei um velho perto da margem. Primeiro, imaginei que fosse algum outro náufrago; respondeu a meu saudar com uma inclinação de cabeça; às minhas perguntas, não respondeu; a única coisa que me disse, por sinais, foi que eu o carregasse nos ombros e o levasse a colher frutos, do outro lado da corrente.

Tomei-o nos ombros e atravessei com ele o regato. Quando lhe disse que descesse – e então me abaixei para que lhe facilitasse o apear –, o demônio do velho, que me parecia decrépito, cruzou fortemente as pernas em torno de meu pescoço. Vi que sua pele parecia de vaca. Apertou tanto que pensei que me queria estrangular. Afinal, desmaiei e caí. Mas o velho continuava montado. Apenas afrouxou um pouco as pernas para que eu recuperasse os meus sentidos.

Quando me viu reanimado, apoiou um pé no meu estômago e, com o outro, fustigou-me a ilharga, para que me levantasse. Tive de obedecer. Fez-me passar por entre as árvores, enquanto ia colhendo frutos, que comia. Não saiu de cima de mim o dia todo. À noite, obrigou-me a deitar, sempre subjugado por suas pernas. De manhã, bateu-me para me acordar, levantar e sair com ele.

Imaginai meus trabalhos, minhas canseiras, com um fardo assim sempre preso a meus ombros!

Um dia, em caminho, encontrei uma porção de cabaças caídas de uma árvore; escolhi uma, que limpei, cuidadosamente; depois, enchi-a com o suco de muitas uvas, pois havia uva abundante naquela ilha e ela entrava na alimentação de cada dia; coloquei a cabaça em determinado lugar, para que fermentasse; depois de alguns dias, fui provar a bebida; transformara-se em vinho, um vinho delicioso que me fez esquecer em parte as mágoas de tal viver; fiquei tão alegre que cantava e pulava.

O velho, reparando no que o vinho me fazia e notando que me tornara mais leve, com sua cavalgadura, então me pediu um pouco daquela bebida. Apresentei-lhe a cabaça; ele provou. Como lhe pareceu gostosa, tragou-a até a última gota. Isso foi o suficiente para ele ficar embriagado. Subindo-lhe o mosto à cabeça, começou a cantar a seu modo e a sacudir-se nos meus ombros. Com os sacolejos em que se remexia, acabou tendo de devolver tudo o que tinha no estômago. Suas pernas, em torno de meu pescoço, começaram a afrouxar... Aí atirei o velho no chão, e ele não se levantou. Peguei de uma pedra e esmaguei-lhe a cabeça.

Depois que me libertei, pude tornar à praia e tive a sorte de encontrar alguns homens que ali descansavam, comendo frutas frescas: eram tripulantes de um navio. Espantaram-se de me encontrar e ficaram muito admirados com os pormenores de minha narração.

Explicavam:

— Caíste sob o jugo do Velho do Mar e és o primeiro que escapa: aos outros que dominou, ele só deixava depois de os estrangular. Pelo bom número de pessoas que matou, aquele velho tornou esta ilha bem famosa. Quem aqui desembarcava só em boa companhia se arriscava a internar pela terra.

Depois de me dizerem essas coisas, levaram-me consigo ao navio. O capitão recebeu-me com amostras de prazer. E seguimos viagem.

Depois de navegarmos alguns dias, chegamos a uma grande cidade cujas casas eram de pedra. Era a Cidade dos Macacos. Os habitantes dela, à noite, saem de casa e vêm para o mar, receosos dos símios que podem atacá-los, descendo da montanha.

Um dos mercadores, que se tornara meu amigo, convidou-me a ir com ele até a hospedaria dos estrangeiros; ali me deu um saco e me recomendou a pessoas do lugar que também tinham sacos; fui levado a uma expedição de apanhar coco.

— Vai com eles — disse o mercador — e faze o que fizerem; não te afastes deles; do contrário, correrás perigo de vida.

Deu-me provisão para um dia. Chegamos a um campo de árvores muito altas, com troncos muito lisos. Só quem fosse muito ágil poderia subir nelas. Aquelas árvores eram coqueiros, cujos frutos buscávamos.

Ao chegarmos perto, vimos um grande número de macacos, grandes e pequenos; quando nos aproximávamos, eles se retiravam, correndo, e subiam até o alto dos coqueiros, numa agilidade surpreendente. Então os homens, apanhando pedras, atiravam com elas aos macacos, encarapitados na altura. Comecei também a fazer o que faziam. Irritados, os macacos apanhavam cocos, que jogavam em nós. E nós recolhíamos os cocos. De vez em quando, tornávamos a jogar mais pedras, aumentando a irritação dos macacos.

Essa era a astúcia com que se fazia a colheita de fruto tão saboroso. Qual de nós teria agilidade bastante para subir em árvore tão alta? Parece que nenhum.

De volta à cidade, encontrei o mercador que me enviara; pagou-me bem os cocos que trazia e disse-me:

— Continua aqui, trabalhando; todos os dias, faze a tua colheita; assim ajuntarás o que seja conveniente a teu regresso.

Agradeci-lhe o conselho e tratei de executar o plano que me traçara. Já carregado, seguiu viagem o navio em que eu viera. Agradeci ao comandante e declarei-lhe que ficava na terra, pois estava disposto a reequilibrar minhas finanças avariadas.

E fiquei para apanhar coco. Cada dia que passava, era mais feliz a colheita. Ajuntei uma quantidade enorme de cocos. Depois, na ocasião em que passava no porto um bom navio, embarquei com tudo que tinha. Antes, fui despedir-me do mercador que tanto me ajudara com sua amizade, experiência e conselho; ele não embarcaria porque tinha ainda muitos negócios a terminar.

Demos velas aos ventos e fomos parar a uma ilha cheia de pimenta; desta, fomos a uma outra, cheia de aloés – a ilha de Comari, cujos habitantes seguem uma lei inviolável: a de não beber vinho e não ter casas de diversões condenáveis. Nessas duas ilhas, troquei coco por pimenta e por aloés, além de ter pescado muitas pérolas: aluguei dois mergulhadores que me trouxeram algumas de grande preço, no tamanho e na perfeição.

Uma vez reembarcado, naveguei felizmente até Bassora; dali, cheguei, saudoso, a Bagdá; aqui, fiz uma fortuna, vendendo pérolas, pimenta e aloés; parte do dinheiro dei aos pobres, como das outras vezes; das fadigas da aventura, achei consolo no convívio feliz dos meus parentes e amigos."

Finda a narração, deu Simbad a Himbad cem cequins; os convivas todos se retiraram, mas, no dia seguinte, à hora do costume, estavam todos presentes. Depois de os regalar com uma farta ceia, Simbad começou a contar-lhes as aventuras de sua sexta viagem.

Sexta viagem

"Senhores, é possível que vos surpreenda o fato de eu ainda ter querido tentar a fortuna, indo ao encontro de infortúnios, depois de ter corrido cinco naufrágios e de ter experimentado os perigos que experimentei. O fato é que isso também me surpreende, quando medito na minha obstinação passada. Com certeza era meu destino, e, sem dúvida, uma estrela me guiava.

Depois de um ano de descanso, depois de receber visitas de amigos que haviam regressado de mares longínquos, não me contive mais e aviei-me para minha sexta viagem. Em vão tentaram me dissuadir amigos e parentes: mais forte que qualquer advertência era minha ânsia de aventuras.

Em vez de ir pelo golfo, internei-me outra vez pelo continente, através da Pérsia até a Índia, e ali embarquei num bom navio, de cujo roteiro constava uma longa navegação.

Entramos pelo mar, decididos a ver lugares novos. Um dia, a rota perdeu-se: capitão e piloto não sabiam onde estávamos; a incerteza, entretanto, durou pouco tempo. Logo depois, o capitão, deixando o seu lugar, veio para mais perto de nós e jogou ao chão o turbante, arrepelando as barbas e batendo na cabeça como um desvairado. Indagamos de sua aflição e ele respondeu:

— Comunico-vos que nos achamos num dos mais perigosos lugares do mar: uma impetuosa corrente está arrastando o navio. Em menos de um quarto de hora morreremos. Rezai para que nos salvemos da desgraça!

Nada podíamos fazer. Em dado momento, ordenou o capitão lançassem ferro; mas foi uma ordem inútil: a corrente continuou arrastando a nau, até que a despedaçou contra uma rocha.

Salvamos nossas pessoas e a mercadoria. O capitão admoestou-nos:

— Deus acaba de permitir o que lhe aproue; podemos ir pensando em nossa cova, despedindo-nos uns dos outros; deste lugar tão funesto ninguém jamais voltou ao lar.

Tais palavras influíram mortal aflição em nossas almas; trocávamos abraços, prantos e lamentações de nosso infeliz destino.

Estávamos ao pé de uma inacessível montanha, nas costas de uma ilha comprida e larga; em volta, no lugar, destroços de navios e ossadas numerosas; também havia uma boa quantidade de riquezas e mercadorias. Tudo isso aumentou nossa desolação. Num ponto em que julgávamos ver a foz de um rio que se jogasse no mar, pudemos verificar depois que as águas dele, em vez de estarem vindo, estavam indo, afastando-se do mar por uma gruta escura, alta e larga na boca. Toda a montanha era cheia de cristais, rubis e outras pedras preciosas. Também se via no mar uma espécie de resina ou betume que os peixes, engolindo, devolviam depois sob a forma de âmbar cinzento, que se acumulava entre as pedras. As árvores que havia eram as de aloés, desenvolvidas, capazes de superar os afamados aloés de Comari.

Para acabar, direi que o lugar merecia o nome de abismo ou de tragador de navios. Embarcação apanhada ali era embarcação perdida; iam para lá ventos e correntes; de lá para fora, a montanha interceptava os ventos, criando calmaria e permitindo que a corrente quebrasse a nau contra os rochedos. Galgar a montanha era impossível a um homem.

Sem meios de salvação, ficamos por ali, como pessoas que tivessem perdido a razão, esperando a morte todo dia. Repartía-mos os víveres em rações iguais: cada um vivia mais ou menos segundo a sua resistência de corpo, de espírito, e sua prudência com as provisões.

Os que iam morrendo iam sendo enterrados. Prestei essa homenagem fúnebre a todos os meus companheiros. Eu soubera racionar melhor meu alimento.

Ao enterrar o último companheiro, senti que minha hora se aproximava: quase nada me restava de víveres, quase nada da esperança de viver; não estando ali quem me enterrasse, abri a minha cova disposto a aguardar a morte. Então me fui recordando de que eu era a causa de minha perda, e me arrependi de ter feito tal viagem. Sem mais refletir, espancava-me a mim mesmo; nem sei como não precipitei a minha morte. Aí Deus se apiedou de mim e me levou até o rio que se perdia na gruta. Examinando-o bem, estive a pensar comigo: 'Este rio deve sair em algum lugar; vou construir uma jangada e me entregar à correnteza dele; se morrer, apenas terei mudado o jeito de meu fim, mas, se ao contrário, sair daqui, terei evitado o destino de meus companheiros, conquistando talvez outra oportunidade de enriquecer. Quem sabe se a fortuna me está esperando, à saída deste cárcere, a fim de me compensar das perdas que me trouxe o naufrágio?'

Assim pensando, fui construindo a jangada: de boas peças de madeira ali não carecia eu, nem de boas amarras. Terminada a embarcação, que era sólida, enchi-a de esmeraldas, rubis, âmbar cinzento, cristais e outras preciosidades. Arranjei tudo bem arranjado, fiz ainda dois remos, entrei na jangada e encomendei-me à vontade de Deus.

Daí a pouco, tudo estava escuro; a corrente conduzia-me pela gruta trevosa. Voguei assim alguns dias sem um raio de luz; por vezes a abóbada parecia roçar-me a cabeça, ficando eu de sobreaviso ante a hipótese de perigo maior; da provisão comia apenas o necessário para não morrer, mas, afinal, também ela acabou; uma languidez soporosa foi invadindo-me o corpo; dormi um sono que era antes um desmaio de inanição; não sei quanto durou. Quando voltei a mim, estava numa campina, perto de um rio, onde via minha jangada; em torno de mim, vários negros, que cumprimentei; falavam-me sem que eu pudesse entender-lhes ou falar.

Ao tomar consciência de que estava vivo e entre seres humanos, senti uma grande alegria. Tendo chegado à certeza de que não dormia nem sonhava, exclamei, recitando uns versos árabes:

'Invoca o Onipotente, que ele virá em teu auxílio; nem é preciso que te ocupes de outra coisa; fecha os olhos que, enquanto dormires, Ele transformará em boa fortuna a tua má sorte.'

Um dos negros sabia árabe; assim, ouvindo-me, ele aproximou-se e falou:

— Irmão, não te espantes de aqui nos encontrares; moramos nesta região. Hoje, tínhamos vindo abrir canais, a fim de regar a plantação com as águas deste rio que sai da montanha;

foi aí que notamos uma novidade vindo rio abaixo, e um dos nossos, nadando, conduziu tua jangada. Dormias e esperamos que acordasses. Agora, conta-nos tua história, que deve ser extraordinária; dize-nos como te aventuraste às águas do rio subterrâneo; dize-nos de onde vieste.

Pedi que me dessem de comer e prometi que lhes satisfaria a curiosidade. Deram-me vários alimentos. Matei a fome; relatei fielmente o que me acontecera. O intérprete ia repetindo aos outros o que eu dizia; no fim, ele comentou:

— Eis uma história muito surpreendente; cumpri contá-la pessoalmente ao rei; são fatos tais que não chega outrem repeti-los.

Respondi-lhes que estava pronto a atendê-los.

Mandaram buscar um cavalo, em que me fizeram montar; alguns iam à frente, mostrando o caminho; outros, mais robustos, vinham depois, carregando nos ombros a jangada. Assim fomos viajando até chegar à capital de Serendib, pois era essa a ilha em que me achava.

Meus guias levaram-me ao rei. Achegando-me ao trono, fiz uma saudação pelo estilo da corte índia, isto é, prosternando-me beijei o chão. O monarca fez que me erguesse e, num cumprimento amável, convidou-me a estar a seu lado.

Primeiro quis saber de meu nome e eu respondi-lhe:

— Meu nome é Simbad, o Marujo, assim apelidado por força das muitas viagens que tenho feito; e sou morador de Bagdá.

Aí o rei perguntou:

— Como é que te encontras nos meus Estados? Por onde vieste?

Nada escondi; fiz-lhe a narração que já me ouviste. Sua Majestade ficou tão surpreso e tão encantado que mandou gravar em letras de ouro a narração, a fim de que ela constasse, por documento, nos arquivos reais.

A certa altura da entrevista, a jangada foi posta em presença do soberano; maravilhou-se com a qualidade e a quantidade das coisas que eu tinha: aloés, âmbar, rubis, esmeraldas...

Tendo notado o prazer que as pedras lhe causavam, prosternei-me e lhe disse:

— Senhor, não só a minha pessoa está a serviço de Vossa Majestade; disponha também do que eu possuo como de coisa que lhe pertencesse!

Sorrindo, o soberano respondeu-me:

— Simbad, longe de mim esse intuito; de nada quero privar-te; em vez de desfalcar tuas riquezas, pretendo aumentá-las; não quero que partas de meus reinos sem algum sinal de minha generosidade.

A tais palavras correspondi, louvando a liberalidade do soberano e fazendo votos pela prosperidade de seus domínios.

Um de seus oficiais foi incumbido de cuidar de mim e vários serviçais foram postos às minhas ordens. Todos os meus pertences foram levados com solicitude à morada que me destinaram como hospedagem.

Ia eu, todos os dias, a hora certa, fazer a corte ao rei; empregava o resto do tempo visitando a capital e suas curiosidades.

A ilha de Serendib fica na ilha Equinocial, com os dias e as noites sempre iguais a doze horas. Ela mede oitenta parasangas de comprimento por oitenta de largura; sua capital, no extremo de majestoso vale, encosta-se numa montanha muito alta, que fica no meio da ilha e é vista desde o mar a três dias de distância; lá se encontram rubis e vários outros minerais – por exemplo, a rocha de esmeril, ou seja, uma pedra metálica útil para cortar as pedras preciosas; ali se veem plantas raras como o cedro e o pé de coco; pescam-se pérolas nas praias e nas fozes de seus rios; em alguns de seus vales há diamantes.

Entre os recantos que visitei, quero citar a montanha para a qual Adão foi exilado, após a sua expulsão do paraíso terrestre; tive o capricho de subir até o cume.

De volta à cidade, pedi ao rei que me deixasse partir. Sua Majestade, além de consentir com palavras cativantes, ainda me cumulou de ricos presentes. No dia em que fui despedir-me, incumbiu-me de trazer algumas encomendas, dizendo:

— Peço-te que transmitas ao califa Harun al Raschid as minhas saudações e lhe entregues, para sinal de minha amizade, esta carta e este regalo.

Tomei da carta, respeitosamente, e prometi desincumbir-me, exatamente, da missão que me dava.

Antes de eu embarcar, mandou o rei chamar o capitão e os mercadores que iriam comigo, determinando-lhes que me tratassem com a máxima deferência.

A carta que eu trazia estava escrita na pele de um animal precioso e raro, de cor tirando a amarelo; estava escrita em caracteres azuis e dizia, em língua índia:

O rei das Índias – a cuja frente marcham mil elefantes, que mora em um palácio que resplandece com o revérbero de cem mil rubis, e que possui no seu tesouro vinte mil coroas marchetadas de diamantes –, ao califa Harun al Raschid.

Embora seja de pouco preço o presente que vos mandamos, contudo não deixeis de o receber como amigo e como irmão, em nome da cordial amizade que vos consagramos e que de bom grado vos testemunhamos. Também vos pedimos que da vossa nos deis parte, visto que a julgamos merecer, porquanto somos do nível de que sois. Assim convosco instamos fraternalmente. Adeus.

Os presentes que eu trazia ao califa, em nome do rei, eram: primeiro, uma taça, feita de um só rubi, a qual tinha meio pé de altura, um dedo de espessura, e continha pérolas de meia dracma de peso; o segundo era uma pele de serpente, cujas escamas mediam o tamanho de uma moeda de ouro e cuja virtude era preservar de moléstia quem nela se deitasse; o terceiro eram cinquenta mil dracmas de aloés, mais trinta grãos de cânfora graúdos como pistache; por fim, uma serva bela como a lua e cujas vestes eram recamadas de pedrarias.

O navio zarpou para a longa viagem; lançamos ferro em Bassora; dali vim a Bagdá. Meu primeiro cuidado foi cumprir a missão que recebera. Levando a carta do rei de Serendib, apresentei-me ao chefe dos crentes, juntamente com pessoas de minha família que conduziam os presentes, junto com a bela serva.

Fiz reverência ao califa, prosternando-me; resumi-lhe o objetivo de minha visita e apresentei-lhe a carta. Depois de ler, perguntou-me o califa se era verdade que o rei tinha tantas riquezas. E eu respondi-lhe:

— Chefe dos crentes, posso garantir que a riqueza dele é espantosa: é incrível a magnificência de seus palácios. Quando ele aparece em público, assentado num trono e o trono assentado num elefante, ele caminha por entre duas filas de ministros, de favoritos, de cortesãos; na frente dele, no mesmo elefante, um arauto empunha uma lança de ouro, enquanto outro, atrás dele, carrega uma pesada maça de ouro, encimada por uma esmeralda fenomenal. Sua guarda é de mil homens vestidos de ouro e seda, montados em elefantes vistosamente arreados. Enquanto passa o rei, o arauto que vai à frente, no mesmo elefante, grita de vez em quando: 'Vede o grande monarca, o potente e temível sultão das Índias, o senhor do palácio dos cem mil rubis e das vinte mil coroas de diamantes! Vede quem é o maior ainda do que foi Salomão e o grande rei Miraje!'.

Assim que o outro acaba, grita o arauto que vai atrás: 'Este monarca tão grande e tão forte tem de morrer, tem de morrer, tem de morrer!'

O outro arauto responde, porém: 'Louvor a quem vive e que não morrerá!'

O rei de Serendib é tão justo que lá não carecem de juízes, nem na capital nem no resto de seus Estados. Seus povos caminham, espontaneamente, nas vias da justiça e não se afastam do dever; por isso é que lá são inúteis tribunais e magistrados.

Contente com minhas informações, disse o califa:

— A sabedoria desse monarca transparece nesta carta; forçoso é admitir que ele tem uma sabedoria digna de seu povo e um povo digno de sua sabedoria.

Com essas palavras despediu-se, despedindo-me também com um rico presente.

Simbad terminou aqui a narração e os convivas partiram, não sem que Himbad, primeiro, recebesse cem cequins. Voltaram no dia seguinte para ouvir a história da sétima e última viagem.

Sétima viagem

Depois de minha sexta aventura, eu deixava de lado qualquer ideia de tornar a viajar. Queria tranquilidade; o tempo havia corrido e a idade aconselhava-me repouso; em vez de riscos, a doce vida de meu lar.

Um dia, estava eu à mesa, com alguns amigos, em refeição; conversávamos despreocupadamente, quando um servo me anunciou o mensageiro do califa. Deixando a mesa, fui atendê-lo; Sua Senhoria me disse que o califa desejava falar-me.

Segui para o palácio. Introduzido na sala, prosternei-me, em saudação, e ouvi estas palavras:

— Simbad, preciso de teus serviços; tenho de retribuir ao sultão de Serendib as gentilezas que me fez; vais levar-lhe minha resposta e meus presentes.

Essa ordem representava um golpe nos meus planos; por isso é que respondi:

— Chefe dos crentes, estou pronto a executar vossas ordens, mas posso garantir-vos que me sinto cansado dos trabalhos e fadigas que tenho suportado. Eu já me havia prometido nunca mais sair de Bagdá.

Dizendo isso ao califa, pedi licença de contar-lhe minhas aventuras, que ele ouviu com paciência.

Mesmo assim, ele insistiu:

— Confesso que são realmente extraordinários os casos de tua vida; entretanto, não me dissuadem de pedir-te que faças, por mim, a viagem que te proponho; desejo que vás tão-somente à ilha de Serendib, na missão que te confio; ela vai tomar-te pouco tempo. A minha dignidade manda-me que retribua ao rei, e a pessoa indicada para mensageiro não pode ser outra senão tu.

Vendo, assim, que não tinha outra saída, pus-me inteiramente às ordens do califa. Satisfeito com minha lealdade, ordenou que me dessem mil cequins para as despesas da viagem.

Preparei-me rapidamente. Das mãos do chefe dos crentes recebi a carta e as encomendas e segui para Bassora, onde embarquei.

Correu bem a viagem; aportei felizmente na ilha de Serendib; disse a que viera e fui logo admitido em audiência, tendo sido levado ao palácio com todas as honras.

Fiz a costumeira saudação, prosternando-me ante o soberano; este, reconhecendo-me, logo mostrou sua alegria de me ver:

— Sê bem-vindo, Simbad! Posso dizer-te que me lembrei de ti frequentes vezes, depois que partiste. Estou contente por nos vermos de novo.

Depois de agradecer tanta bondade, entreguei, de parte do califa, a carta e os presentes; a tudo recebeu entre muitos sinais de contentamento.

Os presentes eram: um leito completo de madeira dourada; cinquenta trajes de seda e brocado, o que de mais fino se poderia encontrar no Cairo, no Suez, em Cufa ou Alexandria; um leito carmesim; um outro leito, de aspecto diferente; uma taça de ágata, mais larga do que profunda, da espessura de um dedo, e em cujo fundo se representava a cena de um homem, joelho em terra, arco retesado, prestes a atirar contra um leão; um cavalo de raça, com sua sela cravejada de ouro e pedras cintilantes; finalmente, uma rica mesa que pertencera a Salomão, filho de Davi.

A carta do califa assim dizia:

Ao sultão poderoso e feliz, e em nome do soberano guia do reto caminho, saudações da parte de Abdala Harun al Raschid, que Deus pôs em lugar de honra, como sucessor de antepassados de feliz memória.

Vossa carta, nós a recebemos com júbilo; agora vos enviamos esta, saída do conselho de nossa Porta, jardim dos espíritos superiores. Lendo-a vós, esperamos que reconhecereis nossas boas intenções e que tudo recebereis de bom grado. Adeus.

O rei de Serendib demonstrou sua alegria por ver que o califa correspondia à sua amizade. Seria longo relatar as muitas honras que me foram prestadas, e foi com pesar e dificuldades que o sultão me deixou partir.

Embarquei de volta, com intenção de vir logo para casa, mas não aconteceu como eu cuidava – Deus havia disposto de outro jeito.

Estávamos com quatro dias de viagem quando fomos atacados por piratas, sendo o nosso um navio sem defesa. Alguns dos tripulantes ousaram resistir, pagando com a vida sua temeridade. Os prudentes, que não se opuseram, apenas foram tomados para escravos. Eu estava entre eles.

Despojados de nossos pertences, até da roupa do corpo, fomos cobertos de andrajos e vendidos numa ilha próxima. Caí nas mãos de um rico mercador, que me vestiu melhor, me deu de comer e me tratou bem.

Querendo ele saber qual era o meu ofício, expliquei-lhe que eu não era um artesão mas um mercador, que os corsários haviam apresado e despojado de tudo quanto tinha. Então, meu novo senhor me falou:

— Sabes acaso atirar uma flecha?

Respondi-lhe que em tal me exercitara quando moço, e que talvez ainda fosse hábil atirador. Aí, entregando-me um arco e muitas flechas, ele me fez montar num elefante em que também subiu, e nos dirigimos a uma grande floresta, não muito longe da cidade. Chegados ao lugar que ele queria, apontou para uma árvore e ordenou:

— Sobe ali e atira de lá em todos os elefantes que vires passar; há grande quantidade deles por aqui. Se abateres algum, vai levar-me a notícia.

Depois de me deixar mantimentos, voltou para a cidade.

De madrugada, os elefantes começaram a passar: consegui abater um, enquanto os outros se retiraram. Fui dar notícia a meu amo, que me louvou a destreza, me tratou com atenção e me ofereceu um bom almoço. Depois, fomos à floresta enterrar o elefante; quando este apodrecesse, o patrão aproveitaria as presas, para vender.

Continuei caçando por dois meses, empoleirado, cada noite, em uma árvore diferente, e sempre matando algum elefante.

Certa manhã, notei que os elefantes, em vez de passar, como de costume, começaram a rodear a árvore em que me achava; fiquei assustado, pois eram em grande número; faziam tremer a terra sob suas patas e ecoar no espaço os seus barridos; esticavam as trombas e me olhavam; caíram-me das mãos o arco e as flechas, ficando eu transido de medo.

Depois de me olharem por algum tempo, um deles, mais corpulento, enrolou a tromba no tronco da árvore e a foi abalando até derrubá-la. Quando caí no chão, o animal pegou-me com sua tromba e colocou-me nas costas, onde fiquei mais morto do que vivo. Em seguida, pôs-se a caminhar, seguido pelos outros, em procissão. Chegados ao lugar que buscavam, fui posto no chão, e os elefantes partiram.

Adivinhai onde é que eu estava. Parecia até um sonho! Fiquei estendido no chão algum tempo. Não vendo mais os elefantes, levantei-me para examinar o local: era uma vasta colina, coberta todinha de ossos e presas de elefantes! Era, pois, um cemitério de elefantes!

Quantas reflexões fiz naquele momento! Admirava o instinto dos animais! Não tive dúvida de que me levaram a tal depósito a fim de que não mais os perseguisse, visto que só os perseguia para obter-lhes as presas. Como adivinharam a causa da perseguição?!

Tratei de voltar à cidade, onde cheguei depois de caminhar um dia e uma noite. Durante a jornada não vi nem um elefante, sinal de que me deixavam livre propositadamente.

Meu dono, quando me viu, exclamou:

— Ah!, Simbad, estava em grande ansiedade por tua causa! Estive na floresta, onde vi arco e flechas perto de uma árvore arrancada. Em vão te procurei; já receava nunca mais te ver! Agora, conta-me o que te aconteceu e como escapaste.

Contei, então, o acontecido. No dia seguinte, partimos para a colina-cemitério. Carregamos o elefante em que tínhamos ido com quantas presas pôde ele aguentar. Meu amo falou assim:

— Meu irmão, não te quero mais chamar de escravo, depois que me enriqueceste com esse descobrimento. Que Deus te cumule de bens e de prosperidades! Perante ele é que te declaro livre. Agora vou contar-te o que antes silenciara: todo ano, os elefantes matam vários escravos que mandamos buscar marfim. Por mais que lhes aconselhássemos prudência, acabavam perdendo a vida, por alguma astúcia daqueles animais. Deus te resguardou da fúria deles, e só a ti fez essa graça. Isso quer dizer que te ama e precisa de ti neste mundo, para o bem que ainda tens de fazer. O lucro que me dás é incalculável: antes, só se achava marfim com sacrifício de vida dos escravos; agora, por teu achado, toda a cidade ficou rica! Não penses que te dou por pago só com a liberdade que te concedo: quero em acréscimo oferecer-te riquezas. Eu poderia convidar a cidade a contribuir para teu enriquecimento; essa glória, porém, guardo-a só para mim.

A tais palavras, tão comovedoras, respondi:

— Meu amo, que Deus vos conserve! Ao conceder-me a liberdade, ficastes quite comigo: em paga do serviço que vos prestei, a vós e à cidade, só peço que me deixeis voltar para a minha terra.

— Pois bem — disse ele —, a monção vai soprar dentro em breve, trazendo ao porto os navios que buscam marfim; partirás nesse tempo, e faço questão de fornecer-te quanto precisares para teu regresso.

Agradeci-lhe tanta bondade e passei a esperar pela monção. Enquanto não chegava, íamos fazendo viagens à colina-cemitério, de sorte que meu antigo patrão pôde armazenar uma enorme riqueza em marfim. Outro tanto iam fazendo outros mercadores da cidade, pois não se guardou segredo a respeito da colina.

Assim que o vento soprou a favor, chegaram os navios. Meu patrão, depois de escolher o navio que ia levar-me, quase o encheu com o marfim que me deu, além de o abastecer com boas provisões; ainda por cima, presenteou-me com brindes valiosos, raridades curiosas."

Aqui findou Simbad a narração da sétima e última viagem. Depois, disse a Himbad:

— Então, amigo, sabes de alguém que tenha sofrido tanto, de algum mortal que tenha corrido perigos maiores? Depois de tantas canseiras, mereço ou não esta vida agradável e tranquila?

Himbad aproximou-se dele e respondeu, beijando-lhe a mão:

— Sou obrigado a confessar que passastes por terríveis perigos; nem se comparam com as vossas as minhas aflições! Se sofro, logo me consolo com os bens que possam advir dos sofrimentos. Quanto a vós, não só mereceis essa vida tranquila; sois digno, também, das vossas riquezas, pois delas vos servis com generosidade. Continuai, pois, a viver na alegria, até que chegue a hora de vossa morte.

Simbad ainda lhe deu cem cequins e o inscreveu no número dos amigos, dizendo-lhe que viesse sempre visitá-lo e partilhar de sua mesa ali. Recomendou-lhe muito que nunca mais se esquecesse de Simbad, o Marujo.

Angelo Abu

Nasci em 1974, em Belo Horizonte. Na minha infância, Simbad era um personagem que gozava de certa popularidade. Lembro-me não somente das viagens aqui recontadas, como de seus passeios por diversas outras histórias. Como se não coubesse somente no próprio livro – *As mil e uma noites*, em que aparece numa história contada dentro de outra –, Simbad partiu para outras viagens: atuou com a Cuca no *Sítio do picapau amarelo*, tanto nos livros quanto na TV; foi representado por Didi em *Simbad, o marujo trapalhão*, e até por Brutus, em *Popeye, the Sailor, Meets Simbad, the Sailor*. Mas foi a trilogia do cineasta Ray Harryhausen, reprisada na Sessão da Tarde, que mais me marcou. Nos filmes – *Simbad e a princesa*, *A nova viagem de Simbad* e *Simbad contra o olho do tigre* –, atores reais contracenavam com monstros animados pela técnica *stop motion*, em que os bonecos são filmados quadro a quadro.

Não havia como não me deixar influenciar por todos esses Simbads. Ou ao menos pelo tom amarelado de seus filmes em technicolor e de seus livros envelhecidos. Um amarelo que transita entre o ocre da poeira do Iraque pós-guerra e o dourado antigo da Mesopotâmia dos califas.

Alaíde Lisboa de Oliveira

Mineira de Lambari, nasceu em 22 de abril de 1904. Exerceu carreira política, acadêmica e artística. Como escritora, publicou cerca de trinta livros, entre didáticos, literários e ensaios na área de educação. É autora dos clássicos *A bonequinha preta* e *O bonequinho doce*, entre outros títulos infantojuvenis que receberam premiações e reconhecimento de várias gerações de leitores.

O livro *A bonequinha preta* é considerado um clássico da literatura infantil. Foi editado pela primeira vez em 1938 e continua, em reedições sucessivas, encantando leitores de todo o país, com mais de 1 milhão de exemplares vendidos.

Ainda para crianças, Alaíde recontou fábulas de Fedro no livro *Como se fosse gente*, premiado na França (Prêmio Les Octogones, em 1990) e em *Outras fábulas*. Assim como outros de seus livros, este recebeu o selo "Altamente Recomendável" da Fundação Nacional do Livro Infantil e Juvenil (FNLIJ). Além desses títulos, publicou *Ciranda, Edmar – esse menino vai longe, Gato que te quero gato, Mimi fugiu, Cirandinha, Era uma vez um abacateiro* e a série didática *Meu coração*.

Alaíde foi a primeira vereadora de Belo Horizonte, em 1949. Tornou-se conhecida também por sua carreira acadêmica na área de Educação. Durante muitos anos lecionou e coordenou cursos em universidades mineiras.

Em abril de 1979, logo após a aposentadoria, recebeu o título de Professora Emérita da Universidade Federal de Minas Gerais (UFMG) pelos relevantes serviços prestados à instituição e por sua significativa contribuição à educação brasileira.

Exerceu o jornalismo em *O Diário* (MG), por mais de dez anos, quando dirigiu o suplemento infantojuvenil "O Diário do Pequeno Polegar", de 1948 a 1960. Representou em Minas a FNLIJ. Foi membro da academia municipalista de Letras de Minas Gerais, da Academia Feminina Mineira de Letras e da Academia Mineira de Letras.

À época de seu centenário de nascimento, lançou *Se bem me lembro...*, texto leve e acessível a leitores de todas as idades.

Faleceu em 4 de novembro de 2006, aos 102 anos, em Belo Horizonte.

Copyright © 2014 texto Alaíde Lisboa de Oliveira
Copyright © 2014 ilustração Angelo Abu

Editora
Renata Farhat Borges

Editora assistente
Lilian Scutti

Produção gráfica
Carla Arbex

Assistente editorial
César Eduardo de Carvalho e Hugo Reis

Projeto gráfico
Maristela Colucci

Preparação
Jonathan Busato

Revisão
Ana Luiza Couto

Editado conforme o Acordo Ortográfico
da Língua Portuguesa de 1990.

1ª edição | 2014

Dados Internacionais de Catalogação na Publicação (CIP)
Angélica Ilacqua CRB-8/7057

Oliveira, Alaíde Lisboa de, 1904 - 2006.
  Simbad, o marujo / tradução e adaptação de Alaíde Lisboa de Oliveira; ilustrado por Angelo Abu.
  São Paulo: Peirópolis, 2014.

ISBN 978-85-7596-220-6

1. Literatura infantojuvenil - I. Título II. Abu, Ângelo

13-0071   CCD-028.5

Índice para catálogo sistemático:
  1. Literatura infantojuvenil

Editora Peirópolis Ltda.| Rua Girassol, 128 – Vila Madalena | 05433-000 – São Paulo – SP
tel.: (11) 3816-0699 | fax: (11) 3816-6718 |vendas@editorapeiropolis.com.br

Missão

Contribuir para a construção de um
mundo mais solidário, justo e harmônico,
publicando literatura que ofereça novas
perspectivas para a compreensão do
ser humano e do seu papel no planeta.

A gente publica o que gosta de ler:
livros que transformam.